Corazón de hierro

DIANA PALMER

Editado por HARLEQUIN IBÉRICA, S.A.
Núñez de Balboa, 56
28001 Madrid

I.S.B.N.: 978-84-687-3623-5
Depósito legal: M-26363-2013
Editor responsable: Luis Pugni
Fotomecánica: M.T. Color & Diseño, S.L. Las Rozas (Madrid)
Impresión en Black print CPI (Barcelona)
Imagen de cubierta: AKSAKALKO/DREAMSTIME.COM
Fecha impresion para Argentina: 16.6.14
Distribuidor exclusivo para España: LOGISTA
Distribuidor para México: CODIPLYRSA
Distribuidores para Argentina: interior, BERTRAN, S.A.C. Vélez
Sársfield, 1950. Cap. Fed./ Buenos Aires y Gran Buenos Aires,
VACCARO SÁNCHEZ y Cía, S.A.
Distribuidor para Chile: DISTRIBUIDORA ALFA, S.A.

Capítulo Uno

Era un delicioso día de primavera, la clase de jornada que hacía que los árboles verdes, con las hojas nuevas brotando en las ramas, y las flores blancas parecieran un lienzo de fantasía primaveral. Sara Dobbs miraba por el escaparate de la librería con ensoñación, deseando poder dirigirse al pequeño macizo de flores lleno de ranúnculos y junquillos y cortar un ramo para al mostrador. Las flores eran una explosión de color en la calle paralela a la librería de Jacobsville, donde ella trabajaba como subdirectora para Dee Harrison, la dueña.

Dee era una mujer de mediana edad, menuda, delgada e inteligente que hacía amigos por dondequiera que iba. Cuando conoció a Sara, estaba buscando a alguien para que la ayudara a ocuparse de la tienda y Sara acababa de perder su empleo de contable en una pequeña imprenta que iba a tener que cerrar. El emparejamiento fue perfecto. Sara se gastaba una buena parte de su escaso sueldo en libros. Le encantaba leer. El hecho de vivir con su abuelo, un profesor de universidad retirado, la había predispuesto en ese sentido. Había tenido mucho tiempo para leer cuando estaba con sus padres en uno de los lugares más peligrosos de la Tierra.

El padre de Sara, con la ayuda de su suegro, había convencido a la madre de Sara para que se fueran a trabajar a ultramar. La violenta muerte del padre hizo cambiar por completo a la madre, provocando que perdiera por completo la fe y que se lanzara a los brazos del alcohol. Se llevó a Sara a Jacobsville para que las dos vivieran en casa de su padre. Entonces, fue de escándalo en escándalo, utilizando su comportamiento para castigar a su propio padre sin preocuparle el daño que con ello pudiera hacerle a su propia hija. Sara y su abuelo habían tenido que sufrir la descarada inmoralidad de su madre e hija respectivamente. No se dio cuenta de lo que estaba haciendo hasta que Sara llegó a casa llorando y cubierta de hematomas. Los hijos de uno de sus amantes la habían pillado a solas en el gimnasio y le habían dado una brutal paliza. Su padre se había divorciado de su madre y, en aquellos momentos, se enfrentaban a la pérdida de su propia casa y de todo el dinero que tenían porque su padre se lo había gastado todo en joyas para la madre de Sara.

Ese hecho condujo a una tragedia aún peor. Su madre dejó de beber y pareció reformarse. Incluso regresó a la iglesia. Parecía muy feliz hasta que Sara la encontró una mañana, muy pocos días después…

El sonido del motor de un vehículo que estaba entrando en el aparcamiento que había justo delante de la biblioteca la sacó de su dolorosa ensoñación. Decidió que al menos tenía un buen trabajo y que ganaba lo suficiente para procurarse un techo bajo el que guarecerse.

Su abuelo le había dejado a ella su pequeña casita de dos dormitorios a las afueras de la ciudad junto con unos pocos ahorros. Sin embargo, la casa estaba hipotecada. Echaba de menos al anciano. Sara se sentía muy sola sin él dado que no tenía ningún otro pariente. No tenía hermanos, ni tíos ni primos que ella supiera. No tenía a nadie.

El sonido del timbre de la campanilla electrónica de la puerta le llamó la atención. Un hombre alto, de aspecto sombrío, acababa de entrar en la librería y estaba contemplando a Sara con desaprobación. Llevaba un traje gris de aspecto muy caro, acompañado de botas negras hechas a mano y un sombrero Stetson de color crema. Bajo el sombrero, el cabello era negro y espeso. Aquel hombre tenía la clase de físico que normalmente se veía sólo en las películas. Sin embargo, no se trataba de una estrella de la pantalla, sino que parecía más bien un hombre de negocios. Sara miró al exterior y vio una enorme furgoneta *pickup* negra que llevaba pintado un caballo blanco rodeado por un círculo del mismo color sobre la puerta. Sara había oído hablar del rancho White Horse, que estaba a las afueras de la ciudad. Jared Cameron, un recién llegado, se lo había comprado a su anterior propietario. Alguien había dicho que, meses antes de la adquisición, había estado en el pueblo para un entierro, pero nadie sabía de quién.

Junto a la furgoneta había un hombre alto, con el cabello negro recogido en una coleta y piel cetrina, que llevaba un traje oscuro y gafas de sol. Tenía el aspecto de un luchador profesional, pero seguramente se trataba de un guardaespaldas. Tal vez su jefe tenía enemigos. Sara se preguntó el porqué.

El hombre del traje gris se puso a observar la sección de revistas con las manos en los bolsillos sin dejar de musitar. Sara se preguntó qué estaría buscando. El hombre no le había pedido ayuda, pero ella no se podía permitir dejar escapar a un posible cliente.

–¿Puedo ayudarle? –le preguntó con una sonrisa.

El hombre la miró con frialdad con unos ojos verdes claros que resaltaban sobre un bronceado rostro lleno de duros ángulos. Él entornó los ojos al ver el cabello liso y corto de Sara, observó los ojos también verdes de ella, la recta nariz, los altos pómulos y la bonita boca. Entonces, realizó un sonido, como si ella no correspondiera a sus requerimientos.

–No tiene usted revistas de economía –dijo, como si aquello fuera una ofensa.

–No las lee nadie de por aquí –replicó ella.

–Yo sí.

De vez en cuando, Sara tenía que morderse la lengua para poder conservar su trabajo. Aquélla era una de esas ocasiones.

–Lo siento mucho. Si quiere, podríamos encargárselas.

–Olvídelo. Puedo suscribirme –le espetó él. Entonces, miró hacia los libros de bolsillo y volvió a fruncir el ceño–. Odio los libros de bolsillo. ¿Por qué no tiene usted novelas encuadernadas en tapa dura?

Sara se aclaró la garganta.

–Bueno, la mayor parte de nuestra clientela son personas trabajadoras que no se las pueden permitir.

–Yo no compro novelas de bolsillo –replicó él arqueando las cejas.

–Podemos encargarle las novelas de tapa dura que usted desee –dijo ella, con una sonrisa que cada vez le costaba más esbozar. Se estaba esforzando mucho por no ofender a aquel hombre.

Él miró hacia el único ordenador que había sobre el mostrador.

–¿Tiene acceso a Internet?

–Por supuesto –contestó ella, algo ofendida. ¿Dónde se creía aquel tipo que estaba? Parecía pensar que Jacobsville estaba aún anclado en el siglo anterior.

–Me gustan las novelas de misterio –dijo él–. Las biografías. Las novelas de aventuras y todo lo referente a los hechos de la campaña del norte de África de la Segunda Guerra Mundial.

Sara sintió que el corazón le daba un vuelco al escuchar el tema que él había mencionado.

–¿Le gustaría que se las pidiera todas a la vez? –preguntó.

Él volvió a alzar una ceja.

–El cliente siempre tiene razón –afirmó, como si pensara que Sara se estaba mofando de él.

–Por supuesto –repuso ella. El rostro le dolía ya por la permanente sonrisa que tenía en los labios.

–Si me da una hoja de papel, le haré una lista.

El hombre realizó su lista mientras Sara contestaba a una llamada de teléfono. Cuando colgó, él le entregó la hoja de papel. Mientras la leía, Sara frunció el ceño.

–¿Qué es lo que pasa ahora? –preguntó él con impaciencia.

–No entiendo el sánscrito.

El hombre murmuró algo, volvió a tomar la lista y, tras realizar unas pequeñas correcciones, se la entregó de nuevo a Sara.

–Estamos en el siglo XXI. Hoy en día ya nadie escribe a mano –dijo, a la defensiva–. Yo tengo dos ordenadores, un PDA y un MP3. ¿Sabe usted lo que es un MP3? –le preguntó, mirando a Sara con curiosidad.

Ella se metió la mano en el bolsillo de sus vaqueros y sacó un pequeño iPod con sus correspondientes cascos. La mirada con la que acompañó el gesto era de las que mataban.

–¿Cuándo puede tener esos libros aquí?

Con las correcciones que él había realizado, Sara pudo al menos leer la mayoría de los títulos.

–El próximo jueves o viernes.

–El correo ya no lo traen a caballo.

Sara respiró profundamente.

–Si no le gustan los pueblos pequeños, tal vez debería usted regresar al lugar del que ha venido. Es decir, si puede hacerlo utilizando los medios convencionales –añadió, con una forzada sonrisa.

El desconocido no pareció pasar por alto la insinuación de Sara.

–No soy el diablo.

–¿Está usted seguro?

Él entornó los ojos.

–Me gustaría que me llevaran esos libros a mi casa. Normalmente, estoy demasiado ocupado como para poder venir al pueblo.

–Podría usted enviar a su guardaespaldas.

Él se volvió para mirar al hombretón que lo estaba esperando apoyado sobre la furgoneta con los brazos cruzados sobre el pecho.

–Tony el Bailarín no se ocupa de los recados.

–¿Tony el Bailarín? ¿Acaso pertenece usted a la mafia? –preguntó Sara, con los ojos cada vez más abiertos.

–¡Por supuesto que no! –gruñó él–. El apellido de Tony es Danzetta. Tony el Bailarín. ¿Lo comprende?

–Pues a mí me parece más bien un matón –susurró ella.

–Y usted conoce unos cuántos, ¿verdad? –le preguntó él lleno de sarcasmo.

–Si fuera así, esta noche tendría usted que comprobar dos veces que ha cerrado todas las puertas y ventanas –dijo ella, sin que él pudiera escucharla.

–¿Puede llevarme los libros a mi casa?

–Sí, pero le costará diez dólares. La gasolina está muy cara.

–¿Y qué es lo que conduce usted? ¿Un autobús?

–Tengo un VW, muchas gracias, pero su casa está a nueve kilómetros del pueblo.

–Puede usted decirme cuál es el coste total de los libros cuando me llame para decirme que han llegado. Haré que mi contable le prepare un cheque para que pueda usted recogerlo cuando me lleve los libros.

–Muy bien.

–Le daré el número porque no está en la guía.

Sara le dio la vuelta al listado de libros que él le había dado y anotó el número que él le dictó.

–También me gustaría recibir dos revistas de economía –añadió. Le dio inmediatamente los nombres.

–Veré si las tiene nuestro distribuidor. Tal vez no.

–Me lo merezco por venirme a vivir a este lugar apartado de la mano de Dios.

–¡Vaya! Pues perdone usted porque no tengamos centros comerciales en todas las calles.

–Es usted la dependienta más grosera que me ha atendido nunca.

–Pues haga que su guardaespaldas le preste las gafas que lleva puestas y así no tendrá que verme.

Él frunció los labios.

–Podría usted comprarse un libro de buenos modales.

–Veré si puedo encontrar uno sobre ogros para usted.

Él la miró de arriba abajo.

–Si no le importa, sólo los que le he anotado en mi lista. Espero tener noticias suyas a finales de la semana que viene.

–Sí, señor.

–Su jefe debe de estar completamente desesperado para dejarla a usted a cargo de su único medio de vida.

–Es una jefa y me tiene mucha simpatía.

–Pues menos mal –dijo. Con eso, se volvió para marcharse, pero se detuvo en la puerta–. Sus medias son de dos tonos diferentes y los pendientes no son pareja.

Sara tenía problemas con la simetría. La mayoría de la gente sabía por qué y eran lo suficientemente amables como para no mencionarlo.

–No soy esclava de la moda convencional –replicó ella, con fingida altivez.

–Sí, ya lo he notado.

El hombre se marchó antes de que a ella se le ocurriera una respuesta adecuada. Por suerte para él, tampoco había nada de lo que Sara pudiera prescindir para tirárselo a la cabeza.

Dee Harrison se partió de la risa cuando escuchó la mordaz descripción de Sara del nuevo cliente de la librería.

–Te aseguro que no fue nada gracioso –protestó Sara–. Dijo que Jacobsville era un lugar apartado de la mano de Dios.

–Lo que quiere es que le encarguemos un montón de libros, así que tu sacrificio no fue en vano, querida.

–Pero tengo que ir a llevárselos. Seguramente tiene perros que devoran a los visitantes. ¡Deberías haber visto al chófer! ¡Parecía un matón!

–Seguramente es simplemente un poco excéntrico. Como el viejo Dorsey.

–Lo único que hace el viejo Dorsey es dejar que su pastor alemán se siente a la mesa para comer con él. ¡Ese tipo seguramente se comería al perro!

Dee se limitó a sonreír. Lo que precisamente necesitaba era un nuevo cliente, en especial uno que tuviera gustos caros en lectura.

–Si sigue pidiendo tantos libros, tú podrías conseguir un aumento… –le sugirió a Sara.

Ésta se limitó a sacudir la cabeza. Dee no comprendía la situación. Si Sara tenía que verse las caras con frecuencia con aquel cliente, terminaría cumpliendo condena en la cárcel por violencia.

Se marchó a su casa. Morris, su viejo gato atigrado, salió a recibirla a la puerta. Estaba lleno de cicatrices y le faltaba parte de la cola. Sara se lo encontró llorando en la puerta trasera de su casa en una noche de tormenta. De eso hacía ocho años. No era un gato muy afectuoso, mordía con frecuencia.

Mientras veía el último episodio de su serie favorita de televisión, Sara acariciaba suavemente al animal.

–Supongo que es una suerte que no vengan muchas personas a visitarnos –musitó ella–. Tu personalidad es decididamente antisocial. Conozco a un tipo que te gustaría. Debo atraer a los animales y a las personas con mal carácter.

El final de la semana siguiente llegó demasiado pronto. Sara había estado esperando que el pedido del ogro no llegara, pero éste llegó como un reloj el viernes. Por lo tanto, tuvo que llamar al número que Jared Cameron le había dado.

—Rancho Cameron —replicó una voz ronca.

—¿Señor Cameron? —preguntó ella, dudando. Aquella voz no sonaba como la del hombre que había acudido a la librería.

—No está aquí —replicó la voz. Era muy profunda. Rápidamente, Sara se imaginó el rostro al que correspondía aquella voz.

—¿Señor... Danzetta?

—Sí. ¿Cómo lo ha sabido?

—Sé leer la mente —mintió.

—¿De verdad? —preguntó el hombre, como si de verdad la creyera.

—El señor Cameron encargó un montón de libros...

—Sí. Me dijo que tenían que llegar hoy. Me dijo que le dijera a usted que los trajera mañana sobre las diez. Él estará aquí entonces.

El día siguiente era sábado y Sara no trabajaba los sábados.

—¿No podría dejarlos con usted? Él nos puede enviar el cheque más adelante.

—Me dijo mañana a las diez. Estará aquí entonces.

Era como pelearse con un muro de piedra. Suspiró.

—Muy bien. Mañana a las diez.

Danzetta colgó el teléfono. Sara hizo lo propio. Danzetta tenía acento del sur, de Georgia, por lo que si pertenecía a la mafia, debía de ser de la rama del sur. Se echó a reír. Sin embargo, tenía muchas

13

dudas. ¿Debía llamarlo al día siguiente antes de salir para decirle cuánto dinero debía? Seguro que su contable no trabajaba los fines de semana.

—Pareces turbada –le dijo Dee–. ¿Qué te pasa?

—Tengo que llevarle el pedido al ogro mañana por la mañana.

—En tu día libre... Bueno, puedes tomarte medio día libre el próximo miércoles para compensarlo. Yo vendré a mediodía y me quedaré hasta la hora de cerrar.

—¿De verdad?

—Sé cuánto te gusta disfrutar de tus momentos para dibujar. Estoy segura de que ese libro para niños en el que estás trabajando se va a vender muy bien. Llama a Lisa Parks y dile que irás el miércoles que viene en vez de mañana a dibujar a sus cachorritos. Quedarán estupendamente en tu historia –añadió.

—Son los cachorritos más monos que he visto nunca...

—Estoy segura de que podrías vender muy bien los dibujos.

—Supongo, pero jamás me podría ganar la vida con ello. Yo quiero vender libros.

—Creo que vas a venderlos muy pronto. Tienes mucho talento, Sara.

—Gracias –dijo ella, con una sonrisa–. Es lo único que he heredado de mi padre. A él le encantaba el trabajo que realizaba, pero sabía pintar unos maravillosos retratos. Fue muy duro perderlo de esa manera.

–Las guerras son terribles –afirmó Dee–, pero al menos tenías a tu abuelo. Era tu mayor admirador. Siempre estaba presumiendo de ti ante cualquiera que quisiera escucharlo.

–Aún recibo cartas de los antiguos alumnos de mi abuelo –dijo Sara–. Daba clases de Historia Militar. Supongo que tenía todos los libros escritos sobre la Segunda Guerra Mundial, en especial sobre las campañas del norte de África. ¡Qué raro! Eso es precisamente sobre lo que al ogro le gusta leer.

–Tal vez el ogro sea como ese león que tenía una espina en la pata y que, cuando el ratón se la sacó, los dos fueron amigos de por vida.

–Te aseguro que ningún ratón en su sano juicio se acercaría a ese hombre.

–Excepto tú.

–Bueno, a mí no me queda elección. Por cierto, ¿qué hacemos sobre el cheque? ¿Llamo a ese tipo antes de ir o…?

–Lo llamaré yo por la mañana –dijo Dee, tomando el trozo de papel en el que estaba anotado el teléfono–. Tú puedes meter los libros en una bolsa y llevártelos a casa esta noche. Así, no tendrás que venir mañana al centro del pueblo otra vez.

–Eres muy amable, Dee.

–Y tú. Bueno –dijo Dee, tras consultar el reloj–, tengo que ir a recoger a mi madre al salón de belleza y llevarla a casa. Luego, voy a ocuparme del papeleo. Ya conoces el número de mi teléfono móvil. Llámame si necesitas algo.

–No lo creo, pero gracias de todos modos.

–Tienes que comprarte un móvil, Sara. Puedes conseguir uno con tarjeta de prepago por casi nada. No me gusta que te tengas que volver a casa sola por esa carretera tan oscura de noche.

–La mayoría de los traficantes de droga ya están en prisión –le recordó Sara a su jefa.

–Eso no es lo que dice Cash Grier. Han encerrado ya a la Domínguez y a su sucesora, pero ahora hay un hombre al frente. Mató a dos policías mexicanos en la frontera y a un agente al lado estadounidense, además de a un periodista. Se dice que mató a una familia entera en Nuevo Laredo porque se enfrentaron a él.

–Estoy segura de que no se le ocurrirá venir por aquí.

–Esta zona les gusta a los traficantes de drogas –replicó Dee–. No tenemos agentes federales a excepción de Cobb, el de antivicio, que trabaja en Houston y tiene un rancho aquí. Nuestro departamento de policía y del sheriff carecen de personal y de dinero. Por eso ese López trató de crear una red de distribución aquí. Dicen que ese nuevo capo tiene fincas por aquí que ha comprado a través de un grupo de empresas, de manera que nadie sabe que le pertenecen. Una granja o un rancho en medio del campo es un lugar perfecto para almacenar drogas. Eso me intranquiliza…

–Te preocupas demasiado, Dee. Estoy a menos de un kilómetro del pueblo y cierro con llave todas las puertas de casa. Bueno –dijo, tras mirar el reloj que colgaba de la pared–, creo que es mejor que te vayas o va a ser tu madre la que se va a preocupar por ti.

–Supongo que sí. Bueno, si me necesitas…

–Te llamaré.

Dee se marchó. Sara se quedó sola.

Algo más tarde, Harley Fowler entró en la librería. Llegaba cubierto de polvo y de sudor y de muy mal humor. Se apartó el sombrero sobre el cabello húmedo.

–¿Qué diablos te ha ocurrido? –le preguntó Sara–. ¡Parece que te han arrastrado por un camino de tierra!

–Eso es precisamente lo que me ha pasado.

–Vaya…

–Necesito un libro sobre argot en español. Argot en español de rancho, si es posible.

–Tenemos todos los diccionarios de español que se han publicado, incluso los de argot. Te los mostraré.

Ella lo acompañó a una estantería repleta de diccionarios.

–Justo lo que necesitaba –murmuró Harley, leyendo los títulos–. El señor Parks sigue teniendo cuenta, ¿verdad?

–Sí. Lisa y él.

–Bueno, pues anótale éstos –dijo Harley. Entonces, le entregó a Sara cuatro libros.

–¿Te puedo preguntar por qué los quieres? –musitó, mientras los dos se dirigían a la caja.

–Claro. Creía que le estaba diciendo a Lanita, la esposa de Juan, que hacía mucho calor en el exterior. Ella se sonrojó, Juan saltó sobre mí y los dos estuvimos rodando por el suelo hasta que yo pude convencerlo de que sólo estaba hablando del tiempo. Nos levantamos y nos dimos las mano. Entonces, él me explicó lo que yo le había dicho en realidad a su mujer. Me puse enfermo. Hablo un poco de español, pero lo aprendí en el instituto y se me ha olvidado cómo no se dicen ciertas cosas algo vergonzantes. Juan y el resto de los trabajadores hablan inglés, pero me pareció que me podría llevar mejor con ellos si hablaba un poco de español. ¡Y me ocurre esto!

–Si quieres hablar sobre el tiempo en español se dice «hace calor» y no «estoy caliente», en especial delante de una mujer.

–Gracias, pero eso ya lo sé –replicó Harley, frotándose la mandíbula–. Ese Juan da unos puñetazos como patadas de mula.

–Eso me han dicho.

Sara realizó el total del importe de los libros y lo anotó en el libro de las cuentas que tenían abiertas en la librería.

–Se lo he anotado al señor Parks.

–Gracias –dijo Harley tomando la bolsa con los libros–. Si el señor Parks quiere saber por qué me los he comprado, le diré que vaya a hablar con Juan.

–Buena idea –comentó Sara, con una sonrisa.

Harley sonrió y dudó, como si quisiera decir algo más. En aquel momento, el teléfono empezó a sonar. Era un cliente. Sara se encogió de hombros y se despidió de Harley con una mano. Él respondió también con un gesto. Sara se preguntó más tarde lo que él habría querido decirle.

Harley era guapo y en el pueblo se le consideraba un buen trabajador. Se había unido a otros tres ex mercenarios para tratar de detener a Manuel López y a sus hombres. Por este hecho, se había ganado un gran respeto de todos en la comunidad. No salía con muchas chicas. Se decía que estaba realmente loco por una chica del pueblo que se había burlado de su interés antes de rechazarlo. Sin embargo, no tenía el aspecto de un hombre con el corazón roto.

Sara sabía mucho sobre corazones rotos. Ella misma había estado enamorada del profesor de la academia a la que había asistido para aprender contabilidad, al igual que Marie, su mejor amiga. El muchacho en cuestión había salido con las dos, pero al final se había decantado por Marie. Como sabía perder, Sara había sido la dama de honor en la boda.

También estaba muy chapada a la antigua. Su abuelo había tenido opiniones muy firmes sobre la moralidad en la sociedad moderna. Sara y él iban a la iglesia y ella había empezado a compartir los puntos de vista de su abuelo. No era la clase de chica a la que invitaran a fiestas porque ni bebía, ni fumaba ni le iban las drogas. Todo el mundo sabía que su abuelo era un buen amigo de uno de los oficiales de policía, y esta amistad hacía que los que iban a las fiestas se comportaran con cautela. También se sabía que Sara no era una chica «fácil» en las citas. Por lo tanto, pasaba la mayoría de las noches de los viernes y los sábados con su abuelo y Morris en casa.

Sin poder evitarlo, se preguntó adónde habría ido el ogro y por qué Tony el Bailarín no le habría acompañado. Tal vez tuviera alguna cita. Se preguntó qué clase de mujer podría atraer a un hombre tan antipático. Tenía el aspecto de ser frío como un pez, pero tal vez cambiara cuando estaba con personas a las que apreciaba. Evidentemente, Sara no le había caído bien. El sentimiento era mutuo. A ella le resultaba muy desagradable tener que renunciar a su sábado por culpa de aquel hombre.

Llamó a Lisa para decirle que no podría ir hasta el siguiente miércoles.

—No importa —replicó Lisa—. Cy y yo queríamos llevar al bebé al centro comercial de San Antonio este sábado, pero yo me iba a quedar en casa para esperarte. Allí tienen muchas rebajas de ropa y juguetes.

—Siempre le estás comprando ropa a tu bebé —bromeó—. Va a ser el niño mejor vestido del pueblo.

—Lo sé, pero estamos tan contentos con él... Nos costó mucho superar la pérdida del primero.

—Lo recuerdo —dijo Sara, suavemente—, pero los defectos de nacimiento aparecen incluso en las familias más saludables. Lo he leído en uno de los libros médicos que vendemos. Sin embargo, tu hijo va a crecer fuerte como un toro y a ser un estupendo ranchero, como sus padres.

–Gracias, Sara. Cada vez que hablo contigo haces que me sienta mejor.

–Te llamo el miércoles, ¿te parece? Dee me ha dado medio día libre, por lo que tengo toda la tarde.

–Me viene muy bien.

–Gracias.

–De nada.

Sara colgó el teléfono. Pobre Lisa. Su primer marido fue asesinado poco después de la boda. Era agente de antivicio y lo asesinó uno de los hombres de López, el traficante de drogas. Cy se hizo cargo de ella y la protegió. Terminaron casándose y, semanas después, ella se quedó embarazada. Desgraciadamente, el bebé murió cuando tenía sólo una semana. Los padres quedaron completamente destrozados y, cuando tuvieron a su segundo hijo, no hubo problema alguno. Gil ya había empezado a caminar y era muy activo.

Sara se preguntó si ella se casaría y tendría familia. Era joven y el mundo habría podido estar esperándola con los brazos abiertos, si no hubiera sido por un pequeño secreto que no le había contado a nadie. No obstante, era optimista sobre el futuro. Bueno, a excepción del ogro.

Suspiró. Decidió que la vida de todas las personas tenía sus pequeños problemas. Podría ser que el ogro terminara resultando ser un príncipe encantador.

Capítulo Dos

A la mañana siguiente, cuando Sara se levantó de mala gana de la cama, estaba lloviendo a cántaros. Miró por la ventana y suspiró.

–Madre mía, me encantaría volver a meterme en la cama y dormir un poco más, Morris –le dijo a su gato mientras le daba de comer.

Mientras preparaba café, no dejaba de bostezar. Se hizo unas tostadas con mantequilla. Mientras desayunaba, no dejaba de observar cómo la lluvia azotaba a la camelia que tenía junto a la ventana.

Vestida con vaqueros y una blusa de algodón, se puso un antiquísimo impermeable. Le daba vergüenza llevar una prenda tan desgastada a casa de un hombre tan rico, pero era lo único que tenía. Su sueldo no le permitía comprarse muchas cosas nuevas. Además, cuando se miró a los pies se dio cuenta de que los calcetines que llevaba puestos no eran pareja. Bueno, eso era algo con lo que tenía que aprender a vivir. El médico le había dicho que podría salir adelante. Esperaba que él tuviera razón. Sólo tenía diecinueve años y, algunas veces, se sentía como si tuviera cincuenta cuando trataba de obligar a su cerebro a comprender qué colores iban bien juntos.

Con un gruñido miró su reloj. Eran las diez menos cuarto y tardaría unos quince minutos en llegar al rancho White Horse. Bueno, dejaría que el ogro se burlara de ella. No tenía tiempo de rebuscar en el cajón de los calcetines para encontrar las parejas. Además, como llevaba vaqueros largos, seguro que no se daría cuenta.

Antes de subirse al coche, metió los pies en un charco y se empapó los pantalones y las deportivas que llevaba puestas. Maldiciendo, se metió en su coche, que era tan viejo que probablemente la dejaría tirada si trataba de llegar a San Antonio.

Arrancó y se dirigió a la carretera. Avanzaba con cuidado, a poca velocidad. Esperaba que el vehículo no se le quedara atascado en ningún bache. Recordó un trayecto muy largo en similares condiciones, en un país de ultramar. Barro, el sonido de los disparos restallando en el aire… Se centró de nuevo en el presente. Pensar en el pasado no resolvía nada.

Iba a llegar tarde a su cita con el ogro. Bueno, no podía evitarlo. Tendría que explicarle la verdad y esperaba que él fuera comprensivo al respecto.

–Creo que le dije específicamente a las diez –le espetó en cuanto le abrió la puerta principal.

Llevaba puestos unos vaqueros, una camisa, botas de trabajo y un Stetson negro algo raído. Aun con su ropa de trabajo, conseguía estar elegante. Tenía el aspecto de un vaquero, aunque se podría utilizar su imagen como modelo para uno de hierro. Vaquero de hierro. Sara tuvo que contener la risa.

—Además, veo que está totalmente mojada —musitó, observándola con desprecio—. ¿Qué diablos ha hecho? ¿Meterse a nadar en todos los baches que ha encontrado por el camino?

—Me metí en un charco cuando estaba a punto de montarme en mi coche...

—No sé qué diablos es eso, pero yo no lo dignificaría llamándolo coche.

—Tenga —dijo ella, con la ira reflejándosele en los ojos. Entonces, le entregó la bolsa con sus libros.

—Y sus modales también podrían pulirse un poco —añadió.

—No se ha hecho la miel para la boca del asno —le espetó ella, muy enojada.

Él levantó las cejas.

—Además, si ese impermeable es indicativo del estado de sus finanzas, creo que tendría usted suerte de poder darle miel alguna a un asno, aunque ésta sea prácticamente un sucedáneo. Por supuesto, yo no pertenezco a la familia equina.

—Mi jefa me dijo que le llamaría a usted...

—Y lo ha hecho —afirmó. Entonces, se sacó un cheque doblado y se lo entregó a Sara—. La próxima vez que encargue libros, espero que llegue usted a la hora acordada. Estoy demasiado ocupado.

—La carretera en la que yo vivo está llena de barro.

—Podría haberme llamado usted de camino para decírmelo.

—¿Con qué? ¿Con señales de humor? —replicó ella—. No tengo móvil.

—¿Cómo es que no me sorprende eso?

—¡El estado de mi economía no es asunto suyo!

—Si lo fuera, renunciaría. Ningún contable trabajaría para una mujer que ni siquiera se puede permitir dos calcetines que hagan juego.

—¡Tengo las parejas en mi casa!

Jared Cameron frunció el ceño y se acercó un poco más a Sara.

—¿Qué demonios es eso? —preguntó, señalando la manga izquierda del impermeable de Sara.

Ella se miró y, sin poder evitarlo, empezó a gritar y a saltar de un pie a otro.

—¡Agggghhh! ¡Quítemelo! ¡Agghhh!

Tony Danzetta salió al porche al escuchar los gritos. Al ver la causa de tanto estrépito, se limitó a decir:

—Oh.

Entonces, se acercó a Sara y le quitó el enorme avispón que tenía en la manga, lo arrojó al suelo y le pegó un pisotón con un zapato del tamaño de un barco.

—Sólo era un avispón —le dijo el señor Danzetta suavemente.

Sara contempló el cuerpo aplastado del insecto y contuvo el aliento.

—Me picó uno una vez en el cuello y éste se me hinchó tanto que tuvieron que llevarme a Urgencias. Desde entonces, les tengo pánico –dijo, con una sonrisa–. Gracias.

Resultaba extraño lo familiar que Danzetta le resultaba. Sin embargo, estaba casi segura de que no lo había visto antes. Su estado hacía que le resultara difícil recordar el pasado.

El ogro miró a su empleado, que estaba sonriendo a Sara y observándola como si ella también le resultara familiar a él. Al notar que su jefe lo estaba mirando, se aclaró la garganta y regresó a la casa.

–No empiece a flirtear con mis empleados –le dijo, cuando Tony ya no pudo escucharle.

–¡Sólo le he dado las gracias! ¿Cómo puede pensar que eso es flirtear?

–Ya llamaré a la biblioteca cuando necesite más libros –replicó él, sin prestar atención a la pregunta que Sara le había hecho.

Sara permaneció sin moverse. Decidió que podría ser que no fuera a leer los libros, sino que los quisiera para otros propósitos, como adornos para la estantería.

–Usted me ha traído los libros. Yo le he dado ya el cheque. ¿Algo más? –preguntó él con frialdad–. Si se siente sola y necesita compañía, hay ciertos servicios que se anuncian por televisión de madrugada…

Sara se irguió todo lo que pudo.

–¡Le aseguro que, si me sintiera sola, éste sería el último lugar de la Tierra en el que yo buscaría alivio!

–Entonces, ¿por qué sigue aquí? Y no derrape

por la carretera de acceso a mi casa. Acabo de poner la grava –añadió.

Sara esperó que él estuviera observándola mientras se dirigía hacia el coche. Sacó del camino grava suficiente para poder cubrir un macizo de flores.

El fin de semana fue largo y lluvioso. Sara sabía que nadie se iba a quejar de la lluvia, dado que la primavera había sido muy seca y calurosa. Se alegró de no ser granjera ni ranchera, pero sentía pena por la situación tan apurada que estaban pasando algunos de los rancheros del pueblo.

–Veo que estás muy metida en tus pensamientos –le dijo Dee cuando entró por la puerta el miércoles siguiente, justo antes de mediodía.

Sara parpadeó. La aparición de su jefa la había sorprendido.

–Lo siento, estaba pensando en los granjeros y en los rancheros.

–¿Y eso?

–He leído un artículo en una revista en el que se hablaba de las grandes pérdidas que ha habido este año y en el precio tan alto que los rancheros van a tener que pagar por el grano.

–Tienes razón. No sé lo que van a hacer los propietarios de los ranchos más pequeños. Además, el precio de los combustibles ha subido tanto que resulta difícil poderse permitir conducir tractores y furgonetas. Ahora, sólo les queda esperar que la cosecha de heno sea buena porque, si no, van a tener que vender ganado antes del invierno porque no lo van a poder alimentar.

–Debe de ser muy duro que la manutención de uno dependa del tiempo.

–Es cierto. Yo crecí en una pequeña granja al norte de aquí –dijo Dee–. Un año, la sequía fue tan mala que se nos murió todo lo que cultivábamos. Mi padre tuvo que pedir un préstamo para poder comprar semillas y fertilizantes para el año siguiente. Al final, ya no pudo más y se buscó un trabajo para arreglar vehículos en uno de los concesionarios de la zona. Bueno, es mejor que tú te marches antes de que se te haga tarde.

–Lo haré. Gracias, Dee.

Su jefa sonrió.

–Buena suerte con esos dibujos.

Lisa Parks tenía el cabello rubio y una dulce sonrisa. Llevaba en brazos a Gil, su adorable bebé de dieciocho meses, cuando se dirigió a la puerta para franquearle la entrada a Sara. El niño llevaba puesto un traje de marinero de dos piezas.

–¡Qué mono está! –exclamó Sara.

–Es nuestra alegría y nuestro orgullo –murmuró Lisa–. Entra, por favor. ¿Quieres un café antes de empezar?

–Después, si no te importa.

–Muy bien. Tengo a los cachorritos en el granero –dijo, mientras la conducía a la entrada trasera.

Entonces, se escuchó que se acercaba un caballo a la casa. Era Harley Fowler. Al ver a Sara y a Lisa, el vaquero sonrió.

–Hola, Sara.

–Hola, Harley. ¿Cómo te va con el español?

–Bueno, supongo que voy aprendiendo –dijo él, mirando a Lisa con una sonrisa en los labios–. Sin embargo, Juan es mejor maestro que ningún libro.

–¿Y cómo va tu mandíbula? –le preguntó Sara, con los ojos chispeantes.

–Mucho mejor –replicó Harley, con una sonrisa.

–Oh, oh, mamá –dijo Gil, frunciendo el ceño–. Oh, oh –repitió, rebulléndose un poco.

–Vaya, eso significa que alguien necesita que lo cambien de pañal –dijo Lisa, riendo. Entonces, miró a Harley y, presintiendo algo, ocultó una sonrisa–. Harley, si tienes un minuto, ¿te importaría mostrarle a Sara dónde están los cachorros mientras yo voy a cambiar a Gil?

–Me encantaría –dijo Harley, bajándose inmediatamente del caballo–. ¿Es que te vas a quedar con uno de los perritos, Sara?

–Bueno, no lo había pensado. Tengo un gato y no creo que a él le gusten mucho los perros. Creo que uno trató de comérselo cuando era más joven. Tiene cicatrices por todas partes e incluso cuando un perro ladra por televisión le molesta.

–Entonces…

–He venido a dibujarlos –aclaró ella mostrándole su cuaderno de pintura–. Es para el libro infantil que estoy escribiendo.

–Algún día va a ser famosa y todos podremos decir que la conocíamos mucho antes –comentó Lisa–. Bueno, tendré el café preparado para cuando termines, Sara. También he preparado un pastel.

–Gracias.

Lisa volvió a entrar en la casa. Harley ató el caballo a la cerca del corral y se dirigió junto a Sara al granero. En un establo limpio y lleno de fragante heno estaban los cinco cachorritos con su mamá, Bob. Ella les estaba dando de mamar. El padre, Puppy Dog, el perro de Lisa, estaba en el establo de al lado.

–Una perra que se llama Bob…

–El jefe dice que si Johnny Cash tiene un niño que se llama Sue, él puede tener una perra que se llame Bob.

–Es muy guapa –comentó Sara–. Y los cachorritos, preciosos.

–Son tres machos y dos hembras. Tom va a escoger el primero, dado que son los nietos de su perro Moose. No está llevando muy bien la muerte de su perro. Lo adoraba.

–Moose salvó a la hija de Tom de una peligrosa serpiente de cascabel. Ese perro era un verdadero héroe.

–¿Quieres una silla?

–Me vale con este viejo taburete. Gracias de todos modos.

Sara tomó asiento, abrió su cuaderno y se sacó los lápices del bolsillo del pantalón.

–¿Te importa que te observe?

–Por supuesto que no –replicó ella, con una sonrisa.

Harley se apoyó contra la pared del establo y observó cómo la mano de Sara volaba por la página. Poco a poco, los cachorritos fueron cobrando vida en el papel.

–Se te da muy bien.

–Era lo único en lo que destacaba en el colegio –dijo ella. Aparte de dibujar, anotaba también el color de los cachorritos para que no se le olvidaran cuando empezara a hacer las ilustraciones con lápices de colores.

–Yo puedo arreglar cualquier cosa mecánica, pero ni siquiera sé hacer una línea recta.

–Todos tenemos nuestros talentos, Harley –dijo ella–. No serviría de nada que a todos se nos diera bien lo mismo.

–No, supongo que no… –susurró él. Entonces, se produjo un pequeño silencio, que Harley se encargó de nuevo de romper–. Quería preguntarte una cosa en la librería el otro día, pero nos interrumpieron. Va a haber un concierto en el instituto este sábado. Se trata de una actuación de la Orquesta Sinfónica de San Antonio. Me preguntaba si… me preguntaba si te gustaría ir. Conmigo.

Sara levantó la mirada y sonrió.

–Bueno, sí… claro que me gustaría –dijo–. Lo había pensado, dado que van a tocar piezas de Debussy y él es mi compositor favorito. Sin embargo, no tenía valor para ir sola.

–En ese caso, digamos que tienes una cita. Podríamos quedar antes y cenar en el restaurante chino. Si te gusta la comida china, claro está.

–Me encanta. Gracias.

–En ese caso, pasaré a recogerte el sábado a las cinco más o menos. ¿Te parece bien?

–Me parece bien –respondió ella con una sonrisa. Harley era tan agradable...

–Bueno, ahora es mejor que vuelva al trabajo. Ha venido el veterinario para revisar al ganado. Nos vemos el sábado.

–Gracias, Harley.

–Gracias a ti.

Sara observó como se alejaba. Era muy guapo, del pueblo y muy agradable. Menuda diferencia con el mal genio del ranchero que ni siquiera se había compadecido de ella cuando había tenido que ir a entregarle los libros en medio de un diluvio...

¿Por qué le había acudido Jared Cameron al pensamiento?

Harley pasó a recogerla el sábado a las cinco en su vieja, pero muy limpia, furgoneta. Llevaba un traje y estaba muy guapo. Sara se había puesto un sencillo vestido negro, las perlas de su madre y unos zapatos negros de tacón algo desgastados. Llevaba una mantilla de encaje negro también.

–Estás muy guapa –le dijo Harley–. Me imagino que hay gente que irá con vaqueros y pantalones cortos, pero me parece que uno debería arreglarse para ir a un concierto.

–Igual pienso yo –replicó Sara–. Al menos no llueve.

–Ojalá lloviera –comentó Harley–. El chaparrón del sábado ha servido de poco y las cosechas están pasándolo muy mal. Aún hay mucha sequía.

–No me hables de ese chaparrón –musitó–. Yo tuve que salir ese día y me empapé y me llené de barro sólo para llevarle a Jared Cameron unos libros.

–¿Y por qué no fue él mismo a la librería a recogerlos?

–Está muy ocupado.

–¡Madre mía! –exclamó Harley, con una carcajada–. ¿Acaso no lo estamos todos? Creo que seguramente dispondrá de treinta minutos para bajar al pueblo. Dios sabe que tiene más de media docena de vehículos. Ese tiarrón que trabaja para él se ocupa de mantenerlos a punto porque sabe de mecánica.

–¿Qué clase de coches tiene?

–Tiene un Rolls Royce de los años sesenta, un Stubaker de los años treinta y una amplia variedad de coches deportivos, en su mayoría clásicos. Colecciona coches antiguos y los reforma.

–Pues a la librería llegó en una furgoneta.

–De vez en cuando, ese tiarrón ejerce de conductor.

–¿Sabes de dónde es?

–Alguien me dijo que era de Montana, pero no estoy seguro. Vino aquí para un entierro hace unos ocho meses. Nadie se acuerda de quién era el fallecido.

–¿Crees que se trataba de un pariente?

–No lo sé. Creo que el funeral se celebró en la iglesia baptista Monte Hebrón.

–Ahí voy yo a la iglesia –comentó Sara frunciendo el ceño–. Mi abuelo está enterrado ahí, pero no me acuerdo que se celebrara allí ninguna misa de funeral para nadie que no fuera del pueblo.

–Fue una misa privada. Según me dijeron, sólo había cenizas. Ni siquiera un ataúd.

–A mí no me gustaría que me incineraran…

–A mí sí. Un verdadero entierro vikingo. No hay nada malo. Así, te pueden poner en una urna bonita y colocarte encima de la chimenea. Limpio y agradable. Y sin mantenimiento alguno.

–Harley, eres terrible –comentó ella, riendo.

–Sí, pero tengo algunas buenas cualidades que me redimen. Sé silbar y cantar. Ah, y sé recoger huevos. ¡Pregúntaselo a la esposa del jefe!

Tomaron una cena muy agradable en el restaurante chino y luego se dirigieron al instituto. Harley agarró a Sara del brazo para ayudarla a subir a la acera y entonces, accidentalmente, entrelazó los dedos con los de ella. Sara no se opuso. Siempre le había gustado Harley. Resultaba muy agradable que un hombre la encontrara atractiva.

Él le estaba sonriendo cuando estuvieron a punto de chocarse con un hombre que estaba esperando en la cola. El hombre, que iba muy bien vestido con un traje y un elegante sombrero Stetson, giró la cabeza para mirarlos. Sus ojos verdes lanzaron un brillo muy beligerante.

–Lo siento, señor Cameron –dijo Harley inmediatamente.

Jared Cameron los miró a ambos de un modo que dejaba muy claro lo que pensaba y volvió a centrar su atención en la cabeza de la fila, que se movía muy rápidamente. Cuando Cameron ya no podía escucharlos, Sara murmuró:

–Se chocó con nosotros. No tenías por qué disculparte.

–Bueno, no es momento de escaramuzas, ¿sabes?

–Lo siento, Harley, pero ese tipo no me gusta. Es demasiado arrogante.

–Acaba de comprar ese enorme rancho. Seguramente debe de vivir a un nivel más alto que el resto de nosotros. Supongo que cree que eso le sitúa por encima de nosotros.

Sara asintió. No le había gustado el antagonismo que había visto en los ojos de Cameron cuando éste había mirado a Harley.

Compraron sus entradas y se sentaron tan lejos de Cameron como pudieron. Entonces, Sara se perdió en la hermosa música que resonó en el auditorio. Harley también pareció disfrutar con la música. Resultaba agradable que tuvieran algo en común.

A la salida, se dieron cuenta de que Cameron estaba hablando con el jefe de policía Cash Grier, que se había presentado en el auditorio justo después de que comenzara el concierto. Sara se preguntó de qué estarían hablando. Sin embargo, no era asunto suyo.

Eran las diez cuando Harley la dejó en su casa. Ella le sonrió.

–Gracias, Harley. Lo he pasado muy bien.

–Y yo también. ¿Quieres ir al cine el viernes que viene?

Sara sintió que el corazón se le aceleraba de la alegría. ¡Le gustaba a Harley!

–Sí, me encantaría.

–¡Genial!

Entonces, Harley dudó. Y ella también. La experiencia que Sara tenía del sexo opuesto era muy limitada. Después de un instante, él se inclinó y le rozó suavemente los labios con los suyos.

–Buenas noches, Sara.

–Buenas noches, Harley –dijo ella, con una sonrisa.

Con eso, Harley volvió a meterse en la furgoneta y, tras saludarla con la mano, se marchó. Sara observó como el vehículo desaparecía en la distancia. Le gustaba Harley, pero no había sentido nada

La semana después del concierto, el ogro realizó otro pedido. Aquella vez, lo hizo por teléfono y habló con Dee.

–Menuda selección –exclamó Dee, tras colgar

el teléfono. Leyó en voz alta la lista y sacudió la cabeza–. Escritores clásicos romanos y griegos, ciencia-ficción, dos libros sobre el tráfico de drogas y otros dos sobre política de América del Sur. Ah, y uno sobre mercenarios.

–Tal vez esté pensando en empezar una guerra –comentó Sara–. En otro país, por supuesto. Tal vez haya decidido no venir a la librería porque está tan fascinado por mí...

–¿Cómo dices?

–Es sólo una teoría sobre la que estoy trabajando –bromeó Sara–. Yo me estoy convirtiendo en una *femme fatale*. Harley Fowler no ha podido resistirse a mis encantos. ¿Y si mi fatal atractivo ha afectado también al señor Cameron hasta el punto de darle miedo? ¡Tal vez sienta la necesidad de huir antes de que yo le cree adicción!

–Sara, ¿te encuentras bien?

–Jamás me he sentido mejor –replicó ella, con una sonrisa.

–Si tú lo dices... Bueno, voy a realizar el pedido. Por cierto, quiere que se los lleves tú el sábado.

–A ese hombre le encanta estropearme los fines de semana –dijo ella, con un gesto de tristeza.

–Casi no te conoce, querida. Estoy segura de que no se trata de eso.

Sara no respondió.

El jueves, Harley la llamó para darle malas noticias.

–Tengo que realizar un viaje de negocios a Denver para el jefe. Voy a estar fuera una semana o más –dijo, muy triste–. No podemos ir al cine el viernes.

–No importa, Harley –le aseguró ella–. Estoy segura de que quedará alguna película que podamos ir a ver cuando regreses.

–Haces que todo sea tan fácil, Sara…

–Que tengas buen viaje.

–Eso espero. Cuídate.

–Y tú también.

Sara colgó el teléfono y no pudo evitar preguntarse por qué Harley tenía que marcharse de viaje justo antes de que tuvieran otra cita. Era como si el destino estuviera oponiéndose a ella. Había tenido muchas ganas de salir con Harley otra vez. Lo único que le quedaba ya por hacer el fin de semana era llevarle los libros al ogro de Cameron. Era algo que no le alegraba en absoluto.

«Bueno, podía ser peor», se dijo. Podría tener una cita con él, con el ogro.

Capítulo Tres

Sara se llevó a su casa los libros de Cameron el viernes por la tarde, al igual que lo había hecho la vez anterior. Al menos en aquella ocasión no llovía cuando tomó el coche para dirigirse al rancho White Horse.

Jared Cameron la estaba esperando en el porche. Como la vez anterior, iba vestido con ropa de trabajo. Las mismas botas y el mismo sombrero. La misma expresión desagradable en el rostro. Sara trató de no fijarse en que Cameron tenía un físico imponente ni en lo guapo que era. No le vendría nada bien que él supiera que lo consideraba atractivo.

Al verla, él miró el reloj.

—Cinco minutos tarde —dijo.

—Eso no es cierto —replicó ella—. Mi reloj dice que son las diez exactamente.

—Mi reloj es mucho mejor que el suyo.

—Supongo que sí... Si juzgamos la cantidad de oro que tiene en la pulsera en vez de la precisión del mecanismo.

—Para ser aficionada a los conciertos, es usted bastante irritable. ¿Le gusta Debussy?

—Sí.

–¿Y quién más?

Sara se quedó sorprendida por la pregunta.

–Resphigi. Rachmaninoff, Haydn y algunos compositores modernos como el fallecido Basil Poledouris y Jerry Goldsmith. También me gustan James Horner, Danny Elfman, Harry Gregson-Williams y James Newton Howard.

–Yo creía que una chica de pueblo como usted preferiría la música country a la clásica.

–Bueno, incluso en este lugar apartado de la mano de Dios sabemos lo que es la cultura.

Jared sonrió.

–Tomo nota. ¿Qué ha traído?

Sara le entregó la bolsa. Él examinó los títulos, asintió y se sacó un cheque del bolsillo. Se lo entregó inmediatamente a Sara.

–¿Es serio? –le preguntó él.

–¿El qué?

–Lo tuyo con el vaquero del concierto. ¿Cómo se llama? ¿Fowler?

–Harley Fowler. Sólo somos amigos.

–¿Sólo amigos?

–Escuche, ya me han preguntado eso mismo más de nueve veces esta semana. Sólo porque yo salga con un hombre, no significa que esté dispuesta a que él sea el padre de mis hijos.

Un sentimiento se reflejó en los ojos de Cameron. El tono amistoso de su voz se eclipsó.

–Gracias por traerme los libros –dijo, secamente. Con eso, se dio la vuelta, entró en la casa y cerró la puerta sin decir otra palabra.

***

Al día siguiente, fue a la iglesia y luego se permitió el capricho de comer en el café de Barbara. El extraño comportamiento del ogro la había afectado más de lo que debería. No entendía qué era lo que le había dicho para provocar esa reacción.

Después de comer, siguiendo un impulso, se dirigió al cementerio para ver la tumba de su abuelo y asegurarse de que las flores de seda que había puesto para el Día del Padre, que era precisamente aquel mismo día, seguían en su sitio. Le gustaba hablar con él.

Cuando llegó a la tumba, se detuvo y apartó una mala hierba de la lápida.

–Hola, abuelo –dijo, suavemente–. Espero que estés en un lugar feliz con la abuela. Yo te echo mucho de menos, especialmente en el verano. ¿Te acuerdas cuánto nos divertíamos yendo juntos de pesca? La última vez pescaste un róbalo enorme y te caíste al río tratando de recoger el sedal –comentó, con una suave sonrisa–. Dijiste que era el pez más sabroso que te habías comido nunca. Hay un habitante nuevo en el pueblo. Creo que te gustaría. Le encanta leer y es dueño de un enorme rancho, pero es más bien un ogro. Muy antisocial. Cree que yo parezco una vagabunda…

Se detuvo cuando se dio cuenta de que no estaba sola. En el rincón más alejado, una figura familiar estaba arrancando hierbajos de los alrededores de una tumba mientras no dejaba de acariciar-la con la mano. Estaba hablando.

Sin pensar en las consecuencias, se dirigió hacia él. Se detuvo a sus espaldas y leyó la inscripción de la lápida.

«Ellen Marist Cameron», decía. La niña debía de haber cumplido nueve años aquel mismo día.

Cuando sintió su presencia, Jared se dio la vuelta. Sus ojos fríos estaban llenos de dolor.

—Tu hija…

—Murió en un accidente. Se había marchado al zoo con una amiga y sus padres. En el camino de vuelta, un conductor borracho se cruzó con ellos y los embistió precisamente en el lado que mi hija ocupaba. Murió en el acto.

—Lo siento…

—¿Por qué estás tú aquí?

—He venido para hablar con mi abuelo —confesó, evitando mirarle a los ojos—. Murió de un ataque al corazón muy recientemente. Era la única familia que me quedaba.

Él asintió.

—Ella era lo único que me quedaba a mí —dijo—. Mis padres murieron hace mucho tiempo. Mi abuelo vivía aquí. Me pareció que era un lugar adecuado para dejarla descansar, a su lado.

Entonces, aquél había sido el entierro al que había acudido. Su hija. No era de extrañar que estuviera amargado.

—¿Y cómo era?

—La mayoría de la gente trata de evitar el tema.

Saben que me resulta doloroso y no me dicen nada.

–Yo creo que hace más daño no hablar sobre ellos. Yo echo de menos a mi abuelo todos los días. Daba clases de Historia en la universidad. Íbamos a pescar juntos los fines de semana.

–A ella le gustaba nadar. Formaba parte del equipo de natación de su colegio y era un genio de los ordenadores. Era... era una gran promesa.

Sin pensar en lo que aquello pudiera costarle, Sara se acercó a él y le rodeó con los brazos. Entonces, apretó con fuerza.

Sintió que la sorpresa se apoderaba de Jared. Sólo duró un minuto. Él también la rodeó con sus brazos mientras el viento los envolvía. Era como si estuvieran solos en el mundo, pero no era así. Aunque no se le veía, Tony Danzetta estaba observándolos. Jamás podía dejar solo a Jared, ni siquiera en un momento como aquél.

–No podía hablar de ella –susurró Jared, por fin–. Es como si hubiera un agujero en mi vida tan grande que nada es capaz de llenarlo. Ella era mi mundo y, durante su infancia, yo no hacía más que matarme para ganar más dinero. Jamás tenía tiempo de ir a sus competiciones de natación o de llevarla a ningún sitio durante las vacaciones. Ni siquiera estuve a su lado la última Navidad porque estaba trabajando en un contrato en América del Sur y tuve que volar a Argentina para cerrarlo. Se suponía que ella tenía que pasar las Navidades conmigo, pero nunca se quejó. Se contentaba con el tiempo que yo estaba dispuesto a dedicarle. Ojalá hubiera hecho más por ella. Pensé que jamás nos quedaríamos sin tiempo…

–Nadie está preparado nunca para la muerte. Yo sabía que mi abuelo se estaba haciendo viejo, pero no quería verlo. Me limitaba a fingir que todo iba bien. Perdí a mis padres hace años. El abuelo era la única familia que me quedaba. ¿Se parecía a ti?

–Bueno, sí, pero tenía el cabello de su madre. No era guapa, pero hacía que la gente se sintiera bien con sólo estar a su lado. Ella creía que era fea y yo siempre estaba tratando de explicarle que la belleza no es tan importante como el carácter y la personalidad.

–¿Por qué decidiste venirte a vivir aquí? –preguntó Sara, tras una pequeña pausa.

–Fue una decisión de negocios –replicó él, retirándose de nuevo hacia sí mismo–. Creí que un ambiente nuevo me ayudaría.

Sara se retiró y sintió que él dejaba caer los brazos. De repente, había sentido un extraño frío.

–¿Y te ayuda?

Jared la miró a los ojos. Después de unos instantes, la intensidad de aquella mirada le provocó un vivo rubor en las mejillas. Tuvo que bajar la mirada.

–Eres muy tímida –dijo él, sonriendo.

–Eso no es cierto. Simplemente hace mucho calor –protestó ella, apartándose un poco más de él. El corazón se le había acelerado y sentía de repente un extraño calor.

–No ha sido un insulto. No tiene nada de malo ser tímida. ¿Quién se ocupa de ti si te pones enferma? ¿Tu jefa?

–Dee es maravillosa, pero no se ocupa de mí. Lo hago yo misma. ¿Y tú?

–Bueno –dijo él, encogiéndose de hombros–. Si pareciera que me voy a morir, Tony el Bailarín seguramente se ocuparía de mí si no estuviera de vacaciones o con sus días libres. Si no, lo haría mi abogado.

–¿Pero se ocuparían de verdad de ti?

–Bueno, no es su trabajo.

–Sé que yo no te resulto simpática, pero tal vez podríamos cuidarnos el uno al otro.

–En otras palabras, como si fuéramos familia.

–No habría atadura alguna. Sólo si uno de los dos estuviera enfermo.

Jared pareció considerarlo.

–Supongo que podríamos hacerlo…

–A mí no me parece tan mala idea.

–No lo es.

–A mí me parecería mejor idea aún si tú dejaras de tratarme como si fuera una vagabunda.

–En ese caso, deja de vestirte como si lo fueras.

–Yo no visto como si fuera una vagabunda –le espetó ella, furiosa.

–Tus calcetines nunca son iguales y parece que tus vaqueros se los ha puesto un oso. Todas tus camisetas tienen fotografías o algo escrito.

–Cuando tú estás trabajando, tampoco estás hecho un pincel –replicó. No le gustaba que Jared hubiera sacado el tema de su extraña forma de vestir–, pero yo no me atrevería a preguntarte qué es lo que tienes en las botas para que te huelan tan mal…

–¿Quieres saberlo? Era…

Jared hizo el gesto correspondiente de manera tan descarada que ella se sonrojó.

–Eres un hombre malo.

–Si quieres convertirte en mi familia, tienes que dejar de decirme cosas malas.

–Tendré que pensármelo…

–¿Y tú por qué has venido hoy aquí? –preguntó él, volviendo al tema inicial.

–Hoy es el día del padre. Le puse unas flores de seda a mi abuelo y quería asegurarme de que el viento no se las había llevado volando.

–Yo quería llamar a una floristería para que le pusieran un ramo a mi hija, pero he tenido algunos problemas en los negocios últimamente… ¿Por qué no te pones cosas que hagan juego? –le preguntó, al notar que los pendientes que Sara llevaba tampoco eran pareja.

Ella hizo un gesto de dolor. Era demasiado pronto para explicarle la verdadera razón. Mintió.

–Siempre tengo mucha prisa. Me pongo lo primero que me viene a la mano. En el pueblo, todos saben que lo hago y nadie se burla de mí… Bueno, eso no es del todo cierto. Cuando vine aquí a vivir con mi abuelo, algunos de los chicos del pueblo se burlaban de mí.

–¿Por qué?

–Bueno, mi madre no era exactamente tan

pura como la nieve recién caída –confesó–. Tuvo aventuras con tres o cuatro hombres del pueblo y rompió algunos matrimonios. Los hijos de esas parejas no le podían hacer daño a ella, pero yo les resultaba mucho más fácil.

–Deberías hablar con más amargura de ese tema –dijo él, asombrado del tono de voz tranquilo con el que Sara había hablado.

–No quería causarle a mi abuelo más dolor del que ya le había hecho mi madre. Como te he dicho, era profesor de universidad y era muy conservador. Lo que mi madre hacía le avergonzaba y le humillaba. Uno de los amantes de mi madre fue un compañero de la universidad. Ella lo hizo deliberadamente. Odiaba a mi abuelo.

–¿Te puedo preguntar por qué?

–En realidad, no lo sé –mintió. Aquélla era otra pregunta que no sentía deseos de contestar.

Jared sabía que ella le estaba ocultando algo. Decidió dar por concluida la conversación.

–Bueno, creo que es mejor que me marche. Estoy esperando una llamada de Japón.

–¿Sabes hablar japonés?

–Lo intento –dijo él, con una carcajada–, pero la empresa con la que estoy tratando tiene muchos intérpretes.

–Estoy segura de que Japón es un lugar muy interesante. Yo nunca he estado en Asia…

–¿Por qué?

–No teníamos mucho dinero. La idea que mi abuelo tenía del viaje a otros países era comprar

47

guías de viaje de los países que le interesaban. Se gastaba mucho dinero en libros.

–¿Qué periodo de la Historia?

Ella dudó durante un instante. Al final, decidió confesar.

–La Segunda Guerra Mundial. En el norte de África.

–Vaya… No lo mencionaste cuando te encargué los libros sobre el tema.

–Me pareció que resultaría algo extraño. Es decir, me pareció que la coincidencia con el hecho de que tú estuvieras buscando libros sobre ese tema resultaba algo rara.

–Sí, bueno, pero las coincidencias ocurren. ¿Tenía autobiografías?

–Sí. De ambos bandos. Sus personajes históricos favoritos eran el mariscal de campo Erwin Rommel y el general George Patton, pero le gustaba el punto de vista de la Novena División Australiana al igual que las memorias del general británico Bernard Montgomery.

Jared pareció interesado por el tema.

–¿Quién fue el último comandante en jefe del ejército británico en el norte de África? –le preguntó, como si quisiera poner a prueba sus conocimientos.

–No crees que lo sepa, ¿verdad? –comentó ella, riendo–. Fue Auchinleck. Sir Claude. Su esposa era norteamericana.

–Se te da muy bien. ¿Cómo se llamaba la esposa de Rommel?

—Se llamaba Lucie, pero él la llamaba Lu. Tuvieron un hijo, Manfred, que terminó convirtiéndose en alcalde de Stuttgart, una ciudad de Alemania.

Jared estaba atónito. La estaba mirando de un modo en el que jamás la había mirado antes.

—¿Has prestado alguna vez los libros de tu abuelo?

—Nunca, pero creo que podría hacer una excepción contigo. A mi abuelo le habría encantado hablar contigo.

—Y a mí también… ¡Dios! Se me ha hecho muy tarde.

—Yo también tengo que volver a casa —dijo Sara. Entonces, miró la tumba—. Siento mucho lo de tu hija.

—Y yo lo de tu abuelo. Las fiestas y vacaciones son los peores momentos. Las Navidades pasadas estuve dos días borracho. Eran las primeras que pasaba sin ella.

—Yo no bebo —respondió ella—, pero no me apetecía nada celebrar las fiestas. Me pasé el día de Navidad en una residencia de ancianos, leyéndole a una anciana que no tenía compañía alguna.

De repente, Jared extendió la mano y tocó el cabello de Sara.

—Jamás me habría imaginado que tenías tantos puntos débiles, Sara. Te llamas Sara, ¿verdad?

—Sí. Sara Dobbs.

—Me mantendré en contacto —prometió él, con una tierna sonrisa.

Sara sonrió también. Los ojos se le llenaron de una extraña emoción.

—Hasta pronto.

Jared se marchó en un elegante deportivo rojo. Sonrió al pensar en el interés que Jared sentía por ella gracias al tema favorito de su abuelo. Primero Harley. Después, el vaquero de hierro. Hacía mucho tiempo que no se sentía tan bien.

Se preguntó si el ogro seguiría interesado en ella si supiera lo joven que era. Decidió que no se lo contaría, al igual que su pasado.

El jueves, cuando Sara llegó a su casa examinó de nuevo los libros de su abuelo por si Jared quería tomar prestado alguno. Mientras examinaba los libros, su mano se detuvo sobre un escrito por un misionario que había trabajado en África. Aquél había sido uno de los favoritos de su abuelo, aunque no tenía nada que ver con la Segunda Guerra Mundial. El autor del libro era un médico que se había marchado a África como misionero y permaneció allí muchos años cuidando de los nativos. El libro le había inspirado a su abuelo el trabajo como misionero, pero en el último momento decidió convertirse en profesor de universidad. Más tarde, lamentó profundamente su decisión y le había transmitido su idea al marido de su hija…

Sara dejó el libro sobre la estantería con cierta violencia. Si hubiera sabido las consecuencias que iba a tener su fervor por la misión…

Terminó de examinar los libros y fue a darle de comer a su gato. Al entrar en la cocina, sintió náuseas y un fuerte dolor en el estómago. Se sentó. Casi no podía moverse. Le dolía mucho.

Apoyó la frente sobre el brazo y notó que estaba sudando.

Llevaba cierto tiempo sintiendo náuseas de vez en cuando, pero los episodios en los que se sentía mal eran cada vez más frecuentes.

Se quedó muy quieta, sin moverse, para que se le pasara.

Sin embargo, no fue así. Una hora más tarde, le dolía al caminar y las náuseas eran cada vez más fuertes. El dolor era terrible. Jamás se había sentido tan mal.

Decidió llamar a Urgencias. Como pudo, se dirigió al salón y marcó el número. Tras hablar con la operadora, se apoyó contra la pared. El dolor era insoportable. Le dolía incluso con sólo tocarse.

Cuando llegó la ambulancia, lanzó un suspiro de asombro.

—Dios mío, ya no me duele. Tal vez no tenga que ir al hospital…

—¡Llevadla ahora mismo a la ambulancia! —gritó una enfermera a sus compañeros.

Hasta horas más tarde, no supo que el hecho de que el dolor cesara había sido señal de que el apéndice se había perforado.

Sara estaba muy confusa. Se sorprendió de que la prepararan para el quirófano y que la hicieran firmar un consentimiento.

El doctor Coltrain ya estaba ataviado para la operación cuando la metieron en el quirófano.

—Hola, doctor Coltrain —dijo Sara, con la voz ronca—. ¿Ya está usted preparado para rajarme?

—Sólo es tu apéndice, Sara —replicó el doctor con una carcajada—. Te prometo que ni siquiera lo echarás de menos.

—Pero si ahora no me duele...

—Lo sé, pero eso es muy mala señal. Significa que se ha perforado.

—¿Qué es eso? —preguntó Sara, al ver que una mujer inyectaba algo en el goteo que le habían puesto en el brazo.

—Es algo para hacer que estés más cómoda. Cuenta de cien a cero.

Sara, medio dormida, empezó a contar.

—Claro. Cien, noventa y nueve, noventa y ocho, noventa...

Recuperó el conocimiento en la sala de reanimación, asombrada y completamente confundida. Entró una enfermera para comprobar cómo estaba.

—Ya veo que nos hemos despertado. Bien.

—¿Me ha operado ya el doctor Coltrain?

—Sí, querida.

Sara volvió a cerrar los ojos y se quedó dormida.

Nunca se supo exactamente cómo Jared Cameron se enteró de que habían operado a Sara. Sin embargo, se presentó en el hospital en el momento en el que la trasladaban a una habitación.

Tony Danzetta lo acompañaba. Permaneció en la puerta mientras Jared entraba en la habitación. Cuando Sara se despertó por segunda vez, lo encontró sentado en una silla al lado de su cama.

—¿Cómo te encuentras? —preguntó él, con una sonrisa.

—No estoy segura de cómo explicarlo. Parece que he perdido el apéndice. ¿Crees que podrías enviar a Tony a buscarlo? —preguntó ella, al verlo a través del cristal al otro lado de la puerta.

—No te preocupes por eso. Te pondrás mejor. Y mientras lo haces, voy a llevarte a mi casa.

—Eso provocará que la gente hable.

—A tus amigos no les importará y no creo que te importe lo que piensen tus enemigos. O por lo menos no deberías.

—Creo que tienes razón…

—En esta condición, no puedes estar sola en casa.

—¿Y Morris?

—Tony el Bailarín se pasó por tu casa para darle de comer cuando venía de camino para acá. Él cuidará de tu gato hasta que tú puedas volver a casa.

Sara estaba demasiado adormilada para preguntarse cómo había entrado Tony en su casa.

—No sabía que un apéndice pudiera matar a una persona.

—Si se perfora, sí. Los dolores de estómago que estabas teniendo eran seguramente un síntoma de apendicitis crónica.

—Supongo. Jamás creí que se tratara de nada peligroso. ¿Cuánto tiempo llevas aquí?

—Desde que te llevaron al quirófano.

—Te agradezco mucho que hayas venido.

—Ahora somos familia, ¿te acuerdas? —le dijo Jared, pero sin sonreír—. Yo me tomo muy seriamente mis responsabilidades.

—Gracias.

—No tienes por qué dármelas. Ahora, intenta volver a dormir. Cuanto más descanses, más rápido te curarás.

—¿Estarás aquí cuando me despierte?

—Sí.

Sara trató de sonreír, pero no pudo. Volvió a dejarse llevar por la cómoda suavidad del sueño.

Le dolía moverse. Trató de darse la vuelta, pero se sintió como si el vientre se le fuera a desgarrar. Gruñó de dolor.

Tony se acercó a ella.

—¿Necesitas algo para el dolor?

Sara lo miró. Parecía extranjero, pero tenía acento de Georgia. Tal vez fuera descendiente de italianos…

Él sonrió.

—No soy italiano. Soy Cherokee.

Sara no se había dado cuenta de que había pensado en voz alta. Los analgésicos la estaban afectando de un modo muy extraño.

—Usted es el señor Danzetta. Creía que era usted un matón.

—Bueno, me encargo de evitar que los matones

trabajen –replicó–. Llámame Tony. Nadie me llama señor Danzetta. Te duele, ¿verdad?

–Sí –consiguió decir ella muy débilmente.

Tony apretó el botón para llamar a la enfermera.

–¿En qué puedo ayudarle?

–A la señorita le vendría muy bien algo para el dolor.

–Iré enseguida.

Minutos más tarde, la enfermera entró en la habitación.

–El doctor Coltrain ha dejado instrucciones para que usted pueda tomar algo para el dolor.

–Parece que me han cortado el cuerpo por la mitad.

–Esto hará que se sienta mejor –dijo, añadiendo una medicación al goteo.

–Gracias. Jamás pensé que perder algo tan pequeño como un apéndice me fuera a doler tanto.

–Estaba usted muy mal cuando llegó. ¿Es usted pariente? –le preguntó la enfermera a Tony.

–No. Trabajo para el señor Cameron.

–¿Y él es pariente de la señorita Dobbs?

–Más o menos.

–No, no es pariente mío –explicó Sara–, pero el señor Cameron no tiene familia, como me pasa a mí. Los dos nos prometimos que nos cuidaríamos el uno del otro si nos poníamos enfermos.

–¿El jefe dijo eso? –preguntó Tony, muy sorprendido.

–Si me necesita, llámeme –dijo la enfermera cuando hubo terminado.

–Gracias –dijo Sara–. ¿Dónde está el señor Cameron? –le preguntó a Tony cuando se quedaron a solas.

–Tenía que realizar una llamada.

–¿Vas a todas partes con él?

–Bueno, a todas partes no. Se pone un poco nervioso si lo sigo al cuarto de baño.

–Jamás había conocido a nadie que tuviera guardaespaldas.

–Hay una primera vez para todo.

Sara sonrió. Recordó que la primera vez que lo vio le había causado un profundo temor. Ya no. Cerró los ojos y volvió a quedarse dormida.

Jared entró en la habitación con el ceño fruncido y miró a Sara. Ella seguía profundamente dormida.

–¿Le han dado algo para el dolor? –le preguntó a Tony.

–Sí. ¿Ocurre algo?

Jared se aseguró de que la puerta estaba cerrada antes de contestar.

–Max cree que podrían haber descubierto dónde estoy.

–No son buenas noticias.

–Las esperábamos. Lo único que significa es que tenemos que tener más cuidado. Le he dicho al capataz que ponga a un hombre armado a la entrada del rancho y que lo mantenga ahí hasta nueva orden… Odio tener que esconderme. Si me dejaran hacer lo que yo quisiera, ya nos habríamos ocupado de este tema y estaría solucionado.

—Eso no es cierto. Están haciendo todo lo que pueden. Mientras tanto, éste es el mejor lugar para esconderse.

—Me mata la espera, Tony…

—Lo sé. ¿Y ella? No la vamos a colocar en la línea de fuego, ¿verdad?

—No tiene a nadie más….

—Sí, pero no tiene ni idea de lo que está pasando. Podría convertirse en un objetivo.

—En ese caso, sólo tendríamos que pedir más refuerzos, ¿no?

—Te recuerdo que he renunciado a un spa y un programa de televisión para venir aquí –dijo Tony.

—No me eches a mí la culpa. Yo estaba dispuesto a venir solo. Tu jefe decidió que yo necesitaba una niñera –replicó Jared muy irritado.

—Y mi jefe tenía razón… Bueno, supongo que puedo vivir sin un spa unas pocas semanas más.

—Claro que puedes… No podemos dejar que le hagan daño –susurró Jared mirando a Sara.

—No lo harán. Te lo prometo.

Jared se relajó un poco. Sólo un poco.

Cuando Sara se despertó, todo estaba oscuro. Había estado durmiendo mucho tiempo. Miró a su alrededor y vio que estaba sola, pero sobre la silla que estaba al lado de su cama había un sombrero de vaquero. Le resultaba muy familiar.

La puerta se abrió. Harley Fowler entró con una humeante taza de café en las manos.

–Estás despierta –dijo, sonriendo.

–Hola, Harley. Te agradezco mucho que hayas venido a verme.

–Tenía la noche libre.

–¿Ninguna cita?

–Esta noche no –comentó él mientras tomaba asiento.

–¿Ni tampoco ninguna excitante misión? –dijo ella. Harley había colaborado en una operación contra un traficante de drogas hacía dos años.

–Resulta muy interesante que menciones eso –replicó, con los ojos centelleando–. Nos ha llegado el rumor de que el cartel de drogas ha vuelto a organizarse y tienen nuevos líderes. No sabemos quiénes son, pero existe el rumor de que podríamos tener algunos problemas por aquí. Han matado a dos agentes de antivicio en la frontera esta semana. Cobb está furioso. Mi jefe esta tratando de averiguar algo.

Su jefe, Cy Parks, era uno de los soldados profesionales ya jubilados de la pequeña ciudad. Y Cobb era Alexander Cobb, un agente de antivicio que vivía en Jacobsville con su esposa y su hermana.

–¿Sabe alguien quiénes son los nuevos?

–No. No hemos podido descubrir nada. Creemos que alguien se ha infiltrado en la organización, pero no podemos estar seguros. Aparte de los policías, esos tipos han matado también a un periodista y a un miembro de la Patrulla Fronteriza. Son muy peligrosos. Además, hay otra cosa peor. Están secuestrando a norteamericanos ricos para pedir un rescate y así incrementar sus reservas de dinero. La semana pasada capturaron a una heredera. Su gente está tratando de reunir el dinero sin saber si, a pesar de todo, van a volver a verla.

—¿Acaso no se dice que la mayoría de las víctimas de un secuestro mueren en las primeras veinticuatro horas?

—Sinceramente, no lo sé. Cash Grier está trabajando con el FBI para tratar de conseguir soplones que pudieran saber algo sobre esa chica.

—¿Nuestro jefe de policía? —preguntó Sara, muy sorprendida.

—Sí. Parece que, como algunas otras personas que viven aquí, Grier no es del todo lo que parece. Bueno, ¿qué me cuentas de ti?

—No sabía que tenía un apéndice hasta ayer —bromeó—. Me tuvieron que traer en una ambulancia.

—¿Y Morris?

—El señor Danzetta ha ido a darle de comer.

—¿El guardaespaldas de Cameron? —preguntó Harley, muy extrañado.

—¿Qué es lo que pasa?

—Uno de nuestros vaqueros pasó anoche por delante de tu casa y vio luces dentro. Como sabía que tú estabas aquí, llamó al departamento del sheriff.

—¿Y?

—Cuando llegaron, las luces estaban apagadas otra vez. Las puertas se encontraban perfectamente cerradas y no había nadie dentro. ¿Le diste una llave a ese hombre?

—Bueno…

Antes de que Sara pudiera contestar, la puerta volvió a abrirse. Era Jared. Se detuvo en seco al ver a Harley. Éste se levantó inmediatamente y, tras desearle a Sara que se recuperara pronto, se marchó.

–Veo que tenías compañía –comentó Jared.

–Harley vino a verme y me ha contado algo sobre mi casa.

–¿Sobre tu casa?

–Me ha contado que uno de los vaqueros de Parks vio luces en mi casa anoche. Como sabía que yo no estaba, llamó al sheriff, pero cuando llegó allí, todas las luces estaban apagadas y no había nadie.

–Qué raro –dijo él con aspecto inocente.

–Yo no le di al señor Danzetta las llaves de mi casa –insistió ella–. ¿Cómo entró para darle de comer a Morris?

Jared se sentó. Guardó silencio.

–Digamos que Tony tiene algunas... algunas habilidades especiales.

–¿Como la de forzar la entrada de una casa?

–No deberíamos estar teniendo esta conversación en estos momentos –replicó él, con una sonrisa.

–¿Lo están buscando las autoridades?

–Sólo en dos países... ¿O acaso era en tres? –preguntó. Aquel comentario pareció escandalizar a Sara–. ¡Es una broma!

–Me alegro...

–He hablado con el doctor Coltrain –dijo Jared cambiando de tema–. Me ha dicho que, si sigues mejorando de esta manera, te podrán dar el alta el lunes.

–Oh, no... No voy a poder ir a trabajar. ¡Dios! Ni siquiera he llamado a Dee para contárselo.

–Ya la he llamado yo. Va a venir a verte esta tarde.

–Gracias.

–Por supuesto, ya se había enterado. Es increíble cómo las noticias vuelan por aquí.

–Somos una comunidad muy pequeña.

–Lo que sois es una familia muy grande. Jamás he vivido en un lugar en el que la gente supiera tanto los unos de los otros.

–Lo sé –dijo ella, con una sonrisa–. Por eso me gusta tanto vivir aquí. No me imagino viviendo en ningún otro lugar.

–Bueno, pues vas a venirte a mi casa durante unos cuantos días. Como mi abogada va a venir el lunes, tendremos carabina. Menos cotilleos.

–¿Viene tu abogada para quedarse?

–No. Sólo viene cuando tenemos asuntos de los que hablar. Hace dos años que trabaja para mí.

Sara pensó que Jared tenía que ser muy rico para poder tener un abogado siempre a su disposición.

–No digas nada de que Tony ha ido a darle de comer a tu gato –le dijo él, de repente–. No quiero que la policía empiece a realizar preguntas incómodas. Necesito a Tony.

–Por supuesto que no –dijo ella. Sin embargo, no pudo evitar preguntarse a qué venía tanto secretismo.

–Esta noche no me puedo quedar mucho tiempo. Estoy tratando de realizar mis negocios por teléfono, fax y módem y me resulta muy duro.

—¿Dónde vives cuando no estás aquí?

—No necesitas saber eso.

—¡Vaya! ¡Cuánto misterio!

—No lo sabes tú bien.

La puerta se abrió. Era Tony. Entró cerrando su teléfono móvil.

—Max necesita volver a hablar contigo. Va a tardar un tiempo.

—En ese caso, nos vamos a casa —anunció Jared. Entonces, se levantó y sonrió a Sara—. Que te mejores. Volveré por la mañana.

—Gracias…

—Somos una familia —afirmó él encogiéndose de hombros.

Salió con Tony de la habitación y cerró la puerta.

Max no se alegró al saber que Jared estaba cuidando de una chica enferma en aquella pequeña localidad.

—Hace falta que te examinen la cabeza —musitó por teléfono—. Ya tienes suficientes problemas sin tener que añadir a una paleta sin un centavo.

—No es una paleta. Trabaja en una librería.

—Que sea un cerebrito no es mucho mejor. Quieren que vuelvas aquí para que puedan protegerte las veinticuatro horas del día.

—Jamás conseguiremos atrapar a esos tipos si nos escondemos en una fortaleza. Creo que ya hemos tenido esta misma discusión en otras ocasiones —replicó Jared—. ¿Qué querías decirme?

–Que han localizado a tres hombres en San Antonio. No estamos seguros de si están relacionados los unos con los otros, pero son de la nacionalidad adecuada.

–¿Cuál es su coartada?

–¿Y cómo quieres que lo sepa yo?

–Te pago para que lo sepas todo, Max.

–Muy bien. En ese caso, empezaré a hacer preguntas. Sinceramente, Jared, te estás convirtiendo en un gruñón. ¿Qué te está haciendo esa chica?

–Nada. Es sólo una amiga.

–Pues te pasas mucho tiempo en el hospital.

–Ninguno de los dos tenemos familia –dijo, como sin darle importancia–. Decidimos que nos cuidaríamos el uno al otro si nos poníamos enfermos.

–¡Sabes muy bien que yo cuidaría de ti si te pusieras enfermo, Jared! –exclamó Max, muy enojada–. ¡Te llenaría la casa de médicos y enfermeras!

Por supuesto que lo haría. Jared estaba seguro de eso, pero jamás se ocuparía de él personalmente. Max odiaba las enfermedades.

–Estoy cansado y tengo mucho que hacer.

–Voy a ir a verte el lunes. Te llevaré algunos contratos para que los inspecciones. ¿Necesitas algo de la gran ciudad?

–Nada. Ya hablaré contigo más tarde.

–Muy bien. Que duermas bien…

–Claro.

Jared colgó. Max se mostraba muy posesiva hacia él. Jared no se había dado cuenta antes y no le gustaba. Ella no lo atraía físicamente. Esperaba que ella no fuera a bajar a Texas para estropearlo todo. Sabía que a Max no le iba a gustar Sara.

El lunes por la mañana, Sara estaba mucho mejor. Dee había ido a verla en dos ocasiones y le había prohibido terminantemente que fuera a trabajar hasta finales de la semana siguiente.

Jared también había ido a verla, siempre acompañado de Tony. Una vez más, se preguntó por qué necesitaba un guardaespaldas. Cada vez que ella se lo preguntaba, Jared cambiaba de conversación.

El doctor Coltrain le dio el alta después de almorzar. Jared la estaba esperando junto a una enorme furgoneta negra. Se inclinó y la tomó en brazos para levantarla de la silla. Entonces, la colocó suavemente en el asiento y le puso el cinturón.

Sara jamás había esperado sentir las sensaciones que experimentó cuando él le colocó el cinturón inclinándose sobre ella y la miró a los ojos al mismo tiempo. Él entornó la mirada y la bajó para mirarle la blusa. No hacía falta ser un experto para darse cuenta de que él había comprendido lo mucho que atraía a Sara.

–Vaya, vaya… –murmuró, con un tono de voz muy seductor. Entonces, sonrió.

Capítulo Cuatro

Los ojos verdes de Jared reflejaron su pasión en los de Sara. Se centraron en la boca de ella y permanecieron allí hasta que ella contuvo la respiración. Entonces, él se echó a reír.

Se dirigió hacia su puerta y se montó en su lado de la furgoneta. Arrancó el motor. Aún seguía sonriendo cuando salió del aparcamiento del hospital.

A Sara le había gustado el rancho White Horse desde la primera vez que fue allí para llevarle libros a Jared. Le encantaban la amplia casa y los terneros.

—¿Cómo es posible que tu hierba esté tan verde con esta sequía? —preguntó ella, extrañada.

—He excavado pozos y tengo estanques de riego en cada pasto —replicó él.

—No está mal. ¿Se encargan esos molinos de sacar el agua?

—Sí. Tal vez la idea esté algo anticuada, pero a los pioneros que se asentaron por primera vez en estas tierras les fue muy bien con ella.

—¿Tu abuelo nació aquí?

–No. Uno de sus primos lejanos heredó una pequeña propiedad y se la dejó a él. Se dedicó al rancho durante un tiempo, hasta que su salud se resintió. Una vez, se cayó de un caballo y se golpeó la cabeza con una valla. Jamás fue el mismo después de eso. Puso un capataz a cargo del rancho y se marchó a Houston con su esposa. Un día de verano, le pegó un tiro a mi abuela y después se suicidó.

Sara contuvo la respiración.

–Mi padre lo trajo aquí para que lo enterraran –prosiguió Jared–, aunque nadie supo cómo murió. Después de eso, ningún miembro de la familia regresó aquí. Supongo que todo el mundo tiene algo en el pasado que nos marca. Creo que no debería habértelo contado tan bruscamente –dijo, al ver que Sara estaba realmente disgustada–. Se me olvida que tú creciste en un pequeño pueblo a salvo de toda violencia.

–No importa –dijo Sara. No estaba dispuesta a hablar aún de ciertas cosas.

Jared se detuvo delante de la casa, apagó el motor del coche y rodeó el vehículo para tomar a Sara en sus fuertes brazos y llevarla hasta la casa. Sonrió al ver que ella se sorprendía.

–La enfermera me dijo que era mejor que no anduvieras durante otro día más –musitó.

–¿Acaso te estás convirtiendo en transporte público? –bromeó ella.

La sonrisa le dio un aspecto radiante al rostro de Sara y le hizo parecer muy hermosa. Jared se sintió cautivado por el suave y cálido cuerpo que tenía entre los brazos. Le gustó la excitación que experimentó por todo el cuerpo ante la proximidad del de Sara. Jared entornó los ojos.

–Escucha, no te hagas ideas raras –le advirtió–. No me han operado con laparoscopia, sino que me han rajado al menos nueve centímetros para coserme luego con esos puntos que no se tienen que sacar más tarde. No te gustaría que mis tripas se cayeran sobre tu limpio suelo ahora, ¿verdad?

Aquel comentario tan inesperado hizo que Jared se echara a reír.

–¡Dios Santo! –comentó, riendo. Entonces, se inclinó sobre ella y le rozó los labios con los suyos en un susurro de sensaciones que le tensaron todo el cuerpo. Fue tan abrumador que sintió que el aliento se le helaba en la garganta.

–Vaya reacción –murmuró él–. Y eso que casi no te he tocado… ¿Y si lo intentáramos otra vez?

Sara trató de darle diez buenas razones por las que no debería, pero ya era demasiado tarde. La dura boca de Jared se aplastó contra la suya, obligándole a separar los labios de un modo sensual e insistente que le arrebató por completo el aliento. Completamente rendida, cerró los ojos y se dejó llevar. El beso se hizo cada vez más exigente.

–Abre la boca –le susurró él.

Ella trató de responder a aquella audaz petición, lo que él aprovechó para profundizar el beso. Introdujo la lengua entre sus labios e, inmediatamente, sintió como ella se echaba a temblar. Entonces, Jared recordó que acababa de salir del hospital y que su costado aún no había sanado. Levantó la cabeza. Los ojos le ardían como brasas y su rostro era solemne.

—¿Po-por qué?

—Cuando sonríes, el vacío desaparece, Sara.

Ella no supo qué responder. No tuvo que hacerlo. La puerta se abrió de repente y dejó paso a una alta y atractiva morena ataviada con un traje azul oscuro con una minifalda.

Al ver a Jared con Sara en brazos, la morena levantó una ceja.

—¿Acaso no me esperabas, cariño? —preguntó, con voz suave.

—Max —dijo él, tratando de reaccionar—. Ésta es Sara Dobbs. Sara, Max Carlton. Mi abogada.

Sara jamás había visto una abogada que tuviera un aspecto semejante. La mujer podría haber sido portada de una revista de modas. Era sofisticada y hermosa. Sara se sintió como una niña pequeña tratando de jugar con adultos.

—Tengo que llevar a Sara a la cama. ¿Dónde está Tony?

Max se encogió de hombros.

—No lo he visto. Tú y yo tenemos varios contratos que repasar.

—Ya lo haremos más tarde.

—Como tú quieras. Sólo es dinero. Me gusta la casa.

La abogada aún no se había dirigido a Sara y la irritación de Jared por ese hecho era más que evidente.

—¿Has dicho Sara? —le preguntó Max de repente, como si se hubiera dado cuenta—. ¿Te ocurre algo en la pierna?

—Acaban de operarla de urgencia de apendicitis y no hay nadie en su casa que pueda cuidarla mientras se cura —dijo Jared secamente mientras se dirigía a uno de los dormitorios de invitados que había en la planta baja.

—Entiendo. Bueno, estoy segura de que te sentirás mejor muy pronto —le dijo a Sara, mientras Jared la llevaba por el pasillo.

Jared no le hizo caso. Abrió la puerta de una hermosa habitación decorada en tonos azules, que contaba con su propio cuarto de baño. Inmediatamente, dejó a Sara sobre la colcha.

—Max es mi abogada. Nunca ha sido nada más que eso.

—Evidentemente, a ella le gustas.

—Le gusta mi dinero.

—Es guapa.

—Y tú también —afirmó Jared, tras besarle dulcemente los labios—. Ahora, tengo que firmar varios contratos con Max. Volveré dentro de unos minutos. El mando de la televisión está en la mesilla de noche. Haré que la señora Lewis te traiga algo para comer dentro de un rato.

—¿La señora Lewis? Creía que trabajaba para los hermanos Hart.

—Y así era, pero, hace poco, tuvo que dejar de hacer tareas domésticas pesadas. Su artritis se fue haciendo cada vez peor y tuvo que dejar de trabajar para ellos. Sin embargo, su médico le ha encontrado un nuevo medicamento que le va muy bien y, aunque sigue sin poder hacer tareas pesadas, viene a cocinar para mí tres días por semana.

–¿Y qué haces los otros cuatro días?

–Tomo comida italiana –dijo con una sonrisa.

–Pero si no tenemos restaurante italiano en el pueblo...

–Tony el Bailarín sabe cocinar muy bien. Hace la mejor lasaña que he comido nunca.

–Pues no tiene aspecto de cocinero –dijo ella, riendo.

–No tiene aspecto de saber hacer muchas cosas. Bueno, que te diviertas hasta que pueda deshacerme de Max. Regresaré enseguida.

–Muy bien.

Jared le guiñó un ojo y cerró la puerta.

–¿Has perdido el juicio? –rugió Max–. ¡Esa chica es pobre! ¡Sólo quiere tu dinero!

–Y tú lo acabas de descubrir después de intercambiar dos palabras con ella, ¿verdad?

–No puedes relacionarte con los habitantes del pueblo, Jared. Eso ya lo sabes y también sabes por qué.

–¿Por qué has tenido que venir aquí? –le preguntó él, de repente–. Si tengo algo que hacer, puedo ir a firmar los contratos al despacho que tienes en la ciudad de Oklahoma. No se me ocurre ni una sola razón por la que tengas que estar aquí.

–En estos momentos eres muy vulnerable. Podrías empezar una relación con alguien de la que huirías como del diablo si las circunstancias fueran normales.

–Te pago una buena cantidad por cuidar de mis intereses empresariales –dijo él, enfatizando lo de «empresariales»–. Si empiezas a meter la nariz en mi vida privada, te sustituiré por un hombre. Después, mandaré una carta al Colegio de Abogados de Oklahoma para explicarles los motivos.

La ira de Max desapareció inmediatamente.

–Tienes razón. Me he excedido.

–¿De qué contratos estamos hablando?

Ella pareció quedarse genuinamente desorientada.

–¿Sabes una cosa? No me acuerdo.

–En ese caso, ¿por qué no regresas a tu despacho y lo piensas?

–Muy bien –suspiró ella–, pero sigo creyendo que no es adecuado que confíes en personas que no conoces –añadió ella. Jared no respondió. Max se dirigió al salón para recoger su maletín. Entonces, soltó una carcajada–. Sólo quería ver cómo estabas.

–Estoy bien.

–Cuídate.

Jared tampoco respondió. Se limitó a observarla hasta que vio que ella se dirigía hacia la puerta principal.

–Si necesitas algo, no dejes de llamarme, ¿de acuerdo?

–Si necesito consejo legal, lo haré.

Max hizo un gesto de desolación y se marchó.

Max sabía que él no quería ninguna relación con ella. Se lo había dicho claramente. ¿Por qué había ido allí? ¿Había estado investigándolo y se había enterado de lo de Sara?

Sumido en sus pensamientos, se dirigió hacia su despacho. En realidad, Max tenía razón sobre Sara. Casi no sabía nada de ella.

Tony el Bailarín entró con una bolsa de víveres. Se detuvo al ver la puerta del despacho abierta.

–Cuando regresaba, me he cruzado con una limusina. ¿Era Max?

–Sí.

–¿Qué estaba haciendo aquí?

–Dios sabe. Supongo que advertirme en contra de Sara.

–Supuse que llegaríamos a esto –musitó Tony–. A Max le gusta vivir a lo grande y no gana lo suficiente para lo que quiere.

–Evidentemente. Espero que su bufete vaya a pagar esa limusina –añadió Jared–. Yo no pienso hacerlo.

–Deberías decírselo a Arthur –le aconsejó Tony, refiriéndose al contable que se ocupaba de todos los gastos de Jared.

–Lo haré. ¿Vas a cocinar?

–A menos que tú quieras volver a intentarlo –le advirtió Tony–. Sigo tratando de limpiar los huevos revueltos que se quedaron pegados en la sartén.

–¿Cómo está la niña? –le preguntó.

–Es una mujer hecha y derecha. Y está bien.

¿Mujer hecha y derecha? Tony se preguntó si su jefe sabía lo inocente que era su invitada. Él sabía muchas cosas que su jefe desconocía sobre ella.

Sara se sintió muy avergonzada cuando la señora Lewis llegó para servirle un bol de sopa y una ensalada.

–Puedo andar, de verdad –protestó–. No tiene que cuidar de mí.

La señora Lewis sonrió y le colocó a Sara una bandeja sobre el regazo.

–No es molestia alguna, querida. Tony vendrá a recogerla. Yo tengo que regresar a mi casa. Viene mi hermana a visitarme. Esta noche, Tony os preparará la cena a ti y al jefe. Ha llegado con suficientes salchichas italianas y salsa de tomate como para dar de comer a un buque de guerra. El señor Danzetta tiene mucha clase como cocinero –admitió la mujer–. Yo sé preparar comidas caseras sencillas, pero él tiene mucho talento para la improvisación. Justo después de que yo viniera a trabajar aquí, me invitó a probar sus espaguetis y te aseguro que fueron los mejores que he comido nunca.

–Jamás se me había ocurrido que un guardaespaldas pudiera ser también cocinero.

La anciana miró hacia la puerta abierta y se acercó un poco más a Sara.

–Lleva una automática debajo de la chaqueta. Una vez vi por la ventana como practicaba con ella. Colocó unas monedas en unas pinzas, que a su vez colgó de una vieja cuerda para la ropa que se utilizaba hace muchos años. En un suspiro, hizo saltar las monedas por los aires sin tocar las pinzas.

–En ese caso, me aseguraré de no molestarlo nunca –comentó Sara, muy sorprendida.

–También se le dan muy bien las artes marciales. Practica con el señor Cameron.

–¿El señor Cameron practica artes marciales? –preguntó ella, muy sorprendida, cuando estaba a punto de meterse una cucharada de sopa en la boca.

–Sí. Tony me ha contado que jamás había conocido a un hombre al que no pudiera derrotar hasta que empezó a trabajar para él.

–Y yo que creía que el señor Cameron tenía contratado a Tony porque no quería ensuciarse las manos…

–Tony no es lo que parece. Y tampoco su jefe. Los dos son personas muy reservadas. Y conocen a Cy Parks y a Eb Scott.

Interesante. Cy y Eb eran parte de un grupo de soldados profesionales que habían luchado por todo el mundo. Varios miembros de ese grupo vivían allí.

–Vaya… Todo parece muy misterioso. Por cierto, esta sopa está deliciosa, señora Lewis.

–Me alegro de que te guste.

–Ahora recuerdo que el señor Cameron estuvo hablando con Grier durante el concierto de la sinfónica. Parecían muy serios.

–Se dice que un nuevo grupo de narcotraficantes está tratando de establecer una red en esta zona una vez más.

–Eso podría explicar los rostros serios. Nuestro jefe de policía ha resuelto muchos casos de drogas y se ha granjeado muchos enemigos en ese mundo.

–Bien por él. Espero que los metan a todos entre rejas.

Sara sonrió.

–Yo también –dijo.

–Bueno, si no me necesita para nada más, me marcho a mi casa. El señor Danzetta ha ido a hacer la compra para hacer la cena esta noche.

–Ya lo he visto –replicó Jared, que entró en ese momento–. Ha plantado tomates en la parte trasera de la casa, en lo que solía ser el jardín de hierbas de la cocina. Tomates, orégano, salvia y otro buen montón de especias de las que nunca he oído hablar.

–No tiene aspecto de jardinero –comentó Sara.

–Pues plantó unas amapolas en los macizos de flores –dijo la señora Lewis. Parecía preocupada.

–Le gustan las flores –afirmó Jared.

–No lo comprende usted –insistió la señora Lewis–. No plantó amapolas ornamentales, sino las del otro tipo.

–¿Qué es lo que quiere decir? –preguntó Jared.

–Estoy segura de que cuando empiecen a florecer, el jefe Grier mandará a uno de sus oficiales para que las arranque.

–¿Por qué?

–Son la clase de amapolas que se utiliza para la fabricación del opio –afirmó la señora Lewis.

–Vaya. Estoy seguro de que Tony no se dio cuenta.

–Pues es mejor que se lo diga –replicó la señora Lewis–, antes de que se meta en líos con la ley.

–Hablaré con él.

–En ese caso, hasta mañana –dijo la señora Lewis–. Espero que mañana te sientas mejor, Sara.

–Me curo muy rápido –replicó Sara, con una sonrisa–. Gracias.

Jared salió para hacer algunas llamadas de teléfono mientras Sara se terminaba la sopa y se echaba una siesta. Cuando ella se despertó, había empezado a oscurecer. Segundos más tarde, Tony asomó la cabeza por la puerta envuelto en un delicioso aroma a especias.

–¿Te gustan los espaguetis?

–Me encantan.

–Estaba a punto de hervir la pasta. Te esperamos abajo –dijo. Se marchó al ver que Jared acababa de llegar.

–Harley Fowler está en el salón. Ha venido a verte –le anunció él.

–Es muy amable por su parte.

–Sí, pero yo no tengo tiempo de dirigir un hospital con horas de visita y todo –rugió. Al darse cuenta de que se estaba comportando como un novio celoso, cambió de estrategia–. Haré que venga. Espero que lo convenzas para que no se quede mucho tiempo o venga de visita sin avisar antes.

–Lo haré…

Sara se sintió muy mal. Se dio cuenta de que le estaba ocasionando muchos problemas. Jamás debería haber accedido a que se cuidaran el uno al otro cuando enfermaran. Evidentemente, Jared se arrepentía de haber accedido a ello.

–¿Cómo estás? –le preguntó Harley al verla. Su aspecto no era mucho mejor que el de Sara.

–Me siento mucho mejor.

–Pues no lo parece. ¿Quieres que llame a Lisa y le pregunte si te puedes quedar con Cy y con ella hasta que te puedas valer por ti misma?

–En realidad no necesito que me cuide nadie. Harley, ¿crees que podrías llevarme a mi casa?

–No puedes cuidarte tú sola, Sara…

–Quiero irme a casa –insistió ella. Con gran esfuerzo, se levantó de la cama haciendo gestos de dolor. Jared tenía sus analgésicos, pero no pensaba pedírselos. Evidentemente, no la quería allí.

Mientras trataba de ponerse de pie, se dio cuenta de que caminar iba a ser una verdadera odisea. No se atrevía a pedirle a Harley que la llevara en brazos, aunque sabía que él lo haría si se lo pidiera.

–Espera, Sara –dijo él, agarrándola por el brazo–. No vas a poder hacerlo.

–¿Qué diablos estás haciendo?

Era Jared. Apartó a Harley, tomó a Sara en brazos y volvió a ponerla encima de la cama.

–Quédate ahí –le ordenó.

–No pienso hacerlo. Acabo de pedirle a Harley que me lleve a mi casa.

–¡Si ni siquiera puedes mantenerte de pie!

–Ya podré.

Jared observó a Harley con desaprobación como si todo aquello fuera culpa suya.

–La sacarás de esta casa por encima de mi cadáver –le espetó.

–Aquí sólo soy un estorbo –le interrumpió Sara–. Tengo comidas preparadas en el congelador y, además, tengo que regresar para ocuparme de Morris.

–Yo he ido a dar de comer al gato hoy –dijo Tony, desde la puerta. Llevaba un cucharón en la mano–. ¿Ocurre algo?

–Está tratando de escaparse –musitó Jared.

Tony entró en la habitación y, antes de tomar asiento al lado de Sara, le entregó el cucharón a Jared. Entonces, la estrechó suavemente entre sus brazos para no hacerle daño.

–Venga, no pasa nada –murmuró, con increíble delicadeza.

Sin poder evitarlo, Sara se echó a llorar. Tanto Harley como Jared guardaron un completo silencio. Fue Harley el primero que lo rompió.

–Sara, tengo que marcharme –dijo–. No dejes de llamarme si necesitas algo, ¿de acuerdo? –añadió, mirando a Jared.

–Lo haré –susurró Sara–. Gracias.

–No hay problema. Hasta pronto.

A Harley no le gustaba tener que dejarla allí,

pero la situación se le estaba escapando de las manos. Estaba seguro de que el tiarrón que acompañaba a Sara no iba a consentir que le hiciera daño de ninguna de las maneras. Sabía que estaba a salvo o, si no, no se habría marchado de allí sin ella.

Jared salió también de la habitación totalmente enfadado. Aún llevaba en la mano el cucharón que Tony le había dado.

Tony sacó un pañuelo de papel de la caja que había sobre la mesilla de noche y secó con él los húmedos ojos de Sara.

—Deja de llorar —dijo con suavidad—. El jefe tiene muy mal genio y no siempre sabe elegir bien las palabras antes de abrir la boca. Sin embargo, jamás te habría pedido que vinieras aquí si no hubiera querido.

Ella lo miró con los ojos enrojecidos.

—Se portó muy mal con Harley.

—Están ocurriendo muchas cosas que tú desconoces —dijo Tony, tras una pequeña pausa—. No te puedo contar nada, pero eso no hace que el mal genio del jefe mejore.

—Lo siento —susurró ella, tras sonarse la nariz.

—¿Por qué? Todo el mundo llora —replicó él—. Yo aullé como un loco cuando mi hermana murió.

—¿Hace mucho tiempo?

—Diez años. Nuestra madre aún seguía con vida entonces. Perdimos a nuestro padre cuando sólo éramos unos niños.

–Yo perdí a mi abuelo hace un tiempo –replicó ella–. Sigo echándolo de menos. Daba clases de Historia en la universidad.

–A mí me gusta mucho la Historia –dijo.

–¿Cuánto tiempo llevas trabajando para Jared?

–A veces me parece una eternidad. En realidad, supongo que unos seis años.

–Pues no me parece la clase de hombre que necesita guardaespaldas.

–No, ¿verdad? –afirmó–. ¿Te sientes mejor?

Ella miró a Tony. Aún tenía los ojos hinchados y enrojecidos.

–Sí. Gracias, Tony.

Él se puso de pie. Tenía una sonrisa en los labios.

–Te pareces mucho a mi hermana. Ella tenía un corazón enorme. Adoraba a la gente. Siempre se estaba entregando… No dejes que Jared te obligue a hacer nada.

–¿A qué te refieres? –preguntó ella, muy sorprendida.

–Ya sabes a lo que me refiero. Él es un hombre de mundo y tú sólo una niña.

–Sí, pero sé cuidarme muy bien de mí misma. Nadie me hará hacer algo que no quiero.

–Eso mismo dijo mi hermana. Bueno, creo que es mejor que regrese a la cocina. ¿Necesitas algo?

–No, pero gracias de todos modos.

Si Sara hubiera podido andar, se habría marchado a su casa. Le dolían los comentarios sarcásticos de Jared y se sentía poco bienvenida. Deseó sinceramente no haberse hecho jamás amiga de Jared Cameron. De una cosa estaba segura: si volvía a ponerse enferma, no le pediría a él ayuda.

Jared entró poco después con un plato de espaguetis y pan de ajo casero. Acercó una mesita a la cama y colocó la bandeja que, además, llevaba un vaso de leche.

Sara se sentía muy herida.

—Gracias —dijo con un tono de voz que no dejaba lugar a dudas.

—Es buen cocinero —replicó él, sin dejar de mirarla.

Sara se colocó la servilleta sobre el regazo y se sentó de lado en la cama para poder comer cómodamente. Además, así no tenía que mirarlo.

—Muy bien, me he excedido, pero creo que es de cortesía preguntarme a mí primero antes de invitar a la gente que venga a verte.

—Yo no he invitado a Harley a que viniera aquí.

—¿No?

Sara siguió comiendo la deliciosa pasta que Tony había preparado.

—La gente que vive en localidades tan pequeñas se considera como parte de una gran familia. Jamás se le habría ocurrido a Harley que no sería bienvenido para venir a visitar a una amiga, fuera cual fuera la casa en la que ella se encontrara.

—Sin embargo, creo que es de buena educación preguntar primero.

–Sí. Lo es. Estoy segura de que ahora desearía haberlo hecho. Desde luego yo sí.

Aquel comentario dio en el blanco. Jared se sintió más pequeño que nunca. Ella podría haber muerto. Él había accedido a llevársela a su casa para cuidarla y, en aquellos momentos, le estaba poniendo reglas sobre lo que podía o no hacer. No le gustaba que Harley Fowler estuviera en su casa y mucho menos en el dormitorio de Sara. Eso le enfurecía. Sin embargo, no podía confesárselo.

De repente, se dio cuenta de que ella llevaba puesta la misma ropa.

–¿No tienes ninguna bata o ningún pijama que ponerte?

–No tuve tiempo de preparar las maletas antes de marcharme de mi casa. Si Tony pudiera ir a traerme algunas cosas para la noche…

–No. Iré yo –afirmó. No quería que Tony tuviera que tocar la ropa más íntima de Sara–. ¿Dónde tienes las llaves?

–En mi bolso –dijo ella, indicando el lugar en el que estaba colgado–. ¿Puedes asegurarte de que Morris tiene suficiente agua mientras estés allí?

–Me ocuparé de él.

–Gracias –dijo ella, sin mirarlo a los ojos.

Jared la miró por última vez y la dejó. Había cometido un estúpido error. Esperaba tener tiempo para compensarla.

Tony estaba recogiendo los platos de la cena cuando Jared entró en la cocina.

–Voy a casa de Sara a recogerle unas cosas.

—¿Sabes dónde vive?

No lo sabía. Jamás había estado en su casa.

—No puedes ir solo —afirmó el hombre solemnemente—. A ellos les encantaría sorprenderte solo de noche. Voy contigo.

—Eso deja a Sara completamente sola aquí.

Tony señaló un teclado que había en el pasillo.

—En Fort Knox no estaría más segura que aquí. Además, fuera tengo a Clayton vigilando.

—Muy bien. Vamos.

Tony se dirigió al armario de la entrada y sacó una pistola del calibre 45 que se metió en la funda que llevaba colgada al hombro. Antes de salir, conectó la alarma y acompañó a su jefe a la furgoneta que había aparcada frente a la casa. Antes de ponerse al volante, Tony agitó la mano y le indicó a un hombre que se hallaba oculto entre las sombras que se iban a marchar. Entonces, arrancaron el motor y todo quedó de nuevo en calma.

Mientras Jared estaba ausente, el teléfono empezó a sonar. Sara esperó que Tony contestara, pero no lo hizo. Tampoco parecían tener contestador. Finalmente, terminó levantando el auricular que había al lado de la cama.

—Residencia del señor Cameron —dijo, tratando de parecer una secretaria.

—¿Dónde está Jared? —le preguntó una voz.

Sara no tuvo que preguntar de quién se trataba. La voz era inconfundible.

–No lo sé –dijo–. Lo siento.

–Es la pequeña invitada, ¿verdad? –replicó la horrible mujer–. Bueno, pues no te pongas demasiado cómoda. Jared no te daría ni la hora si no le hubieras atraído un poco, pero no va a durar. Colecciona mujeres como coches y no busca nada permanente. Te dejará después de la primera vez que te acuestes con él.

–¡Yo no me acuesto con los hombres!

–¿No? –preguntó ella, riendo–. Eso fue también lo que dijo la última y luego se rindió como el resto. Y Jared la dejó igual de rápido.

–¿Qué es lo que quieres?

–Lo que queremos todas, querida –replicó la otra mujer, riendo–. Quedarme con Jared. Si no tuviera tanto dinero, podría resultar menos atractivo.

–Sé muy poco sobre el señor Cameron, pero no creo que debieras hablar así de él. Se supone que eres su abogada.

–Su abogada, su amante… Todo es lo mismo. Dile que he llamado.

Sara sintió náuseas. Aquella horrible mujer no podía tener razón. Jared no parecía un seductor sin corazón. Sin embargo, ¿qué sabía ella sobre él? Nada. Además, ella era muy joven. No había salido con muchos hombres y su instinto le decía que Jared tenía mucha experiencia. Se lo habían demostrado sus besos. ¿Y si de verdad la presionaba? ¿Sería capaz de decirle que no?

Jared abrió la puerta y entró en su dormitorio. Llevaba al hombro una enorme bolsa llena de ropa.

–¿Me has traído la colada? –exclamó, perpleja.

–Tony tiene tu ropa. Yo te he traído el gato.

Sara sintió que el corazón le daba un vuelco. No podía ser cierto. Se sentó en la cama y, efectivamente, vio que allí estaba el viejo Morris. Entonces, miró a Jared con curiosidad.

–Anoche no tocó la cena y hoy tampoco ha comido. Tony cree que está preocupado por ti. Por eso hemos decidido traértelo –afirmó. Entonces, tomó al gato y lo colocó encima de la cama.

Morris abrió los ojos y empezó a frotar afectuosamente la cabeza contra la mano de Sara. Entonces, volvió a quedarse dormido.

–Tony te va a traer también la caja de la arena. Podemos ponerla en tu cuarto de baño –dijo, con cierto asco.

–¿Y no ha tratado de morderte? ¡Oh! –exclamó, al ver que Jared le mostraba una mano llena de tiritas de colores–. Lo siento…

Tony entró por la puerta en aquel instante. Colocó una maleta sobre el baúl que Sara tenía a los pies de la cama.

–Aquí tienes tus cosas. Te traeré la arena cuando regrese. Es muy bonito tu gato.

–Bueno, claro que a ti te tiene que parecer bonito –musitó Jared–. A ti no te ha mordido.

–Tiene buen gusto –bromeó Tony.

–¡Lo que le pasa es que sabe que has comido gatos!

Al ver la expresión alarmada de Sara, Tony se apresuró a explicar las palabras de Jared.

–Sólo fue un gato. Y todos estábamos muertos de hambre. Era un gato muy viejo y muy duro. No le gustó a nadie.

–¿Y dónde estabas? –preguntó Sara, incrédula.

–En Malasia. Principalmente comíamos serpientes, pero a veces uno no tiene elección... Bueno, voy a por la arena.

Cuando volvió a quedarse a solas con Jared, Sara tardó unos instantes en volver a tomar la palabra.

–Gracias por traerme a Morris. Si hubiera sabido que lo ibais a traer, te habría dicho que no le gusta que le agarren.

–Bueno, cuando lo agarró Tony empezó a ronronear.

–Por cierto, ha llamado tu abogada –dijo Sara, sin dejar de acariciar al animal.

–¿Max?

–Sí.

–¿Qué quería?

–Sólo dijo que quería comentarte algo y que volvería a llamar –mintió.

–¿Y no dijo nada más? –preguntó Jared, extrañado–. ¿No hizo comentario alguno sobre tu presencia aquí? –añadió. Sara se sonrojó y se delató con ello–. Ya me parecía... Esa mujer no se puede resistir a todos los hombres presentables con los que se encuentra. Ya ha tenido tres maridos y varios amantes... Bueno –concluyó. No quería seguir hablando del tema–. Necesitas descansar.

–Gracias una vez más por traerme a Morris.

Sara no durmió nada bien. Tuvo sueños desagradables, como le había ocurrido de niña. El ambiente de aquella casa tenía algo que le recordaba a lo que había perdido. Disparos. Hombres gritando. El avión a punto de estrellarse. La ira de su madre hacia su abuelo, las acusaciones y el extraño comportamiento que vino después.

Se tocó la ligera cicatriz en la cabeza que marcaba la parte más trágica de su joven vida. Estaba bajo el espeso cabello rubio y no se veía, pero Sara la sentía como si tuviera vida propia.

Se quedó con Jared dos días más. Él parecía estar evitándola. No desayunaba ni comía ni cenaba a la mesa. Siempre estaba en su despacho o con los vaqueros en el rancho. Tony le aseguró que era su rutina normal, pero algo en el modo en el que el cherokee pronunció aquellas palabras la intranquilizó.

Al cuarto día, recogió todas sus cosas y preparó a Morris y le pidió a Tony que la llevara a su casa. Ya se encontraba mucho mejor.

Jared no se opuso cuando ella le dijo que iba a marcharse, lo que le dolió profundamente. Sin embargo, habían acordado cuidarse el uno al otro sólo en tiempos de necesidad y permanentemente.

Capítulo Cinco

Sara y Morris volvieron a su rutina de siempre. A los pocos días, Sara regresó a su trabajo.

–Ya tienes mejor aspecto –comentó Dee al notar las ojeras que Sara tenía en el rostro–. Me apuesto algo que no dormiste nada en casa del señor Cameron.

–Me sentía incómoda, pero en realidad vi mucho más a Tony que a él.

–¿Tony?

–El guardaespaldas.

–Ah… En realidad, te podrías haber venido a casa conmigo.

–Dee, tú tienes cuatro hijos y tu madre vive contigo y con tu esposo –replicó Sara–. Es imposible que puedas ocuparte de una persona más. Sin embargo, gracias de todas maneras. De hecho, me siento agradecida de tener aún un trabajo.

–Como si yo pudiera despedirte por ponerte enferma. Ten cuidado de no levantar nada de peso. De eso me encargo yo. Limítate a sentarte en el mostrador y a hacer los pedidos.

Justo antes de cerrar, Harley Fowler se presentó en la librería. Dee se había marchado al banco y Sara la estaba esperando para cerrar.

–Hola, Harley.

–Tienes mucho mejor aspecto –dijo él–. Sé que te causé problemas con Cameron por haber ido a verte. Lo siento.

–¿Cómo te has enterado?

–La señora Lewis es pariente de uno de nuestros vaqueros y oyó que Tony hablaba al respecto. Jamás pensé que le importara al señor Cameron, pero debía haber preguntado primero. Llegué a preguntarme si tan desproporcionada reacción se habría debido a que estaba celoso.

–¡Tonterías! ¿Cómo va a tener celos un hombre tan rico y poderoso como él por una empleadilla de librería como yo? Tiene una abogada guapísima, que se llama Max. Ella está loca por él.

–Debe de ser agradable tener mucho dinero. Yo no lo sé… Bueno, los Parks van a celebrar una barbacoa el sábado en el rancho. Lisa me ha dicho que te pregunte si quieres volver a dibujar a los perritos una vez más antes de que los adopten. Dice que están creciendo mucho.

–¿Una barbacoa? Me encantan las barbacoas.

–Lo sé. ¿Te parece bien que venga a recogerte el sábado por la mañana sobre las once?

–Me encantaría. Hecho.

–Aparentemente, va a ser un día digno de recordarse. Por cierto, tu familia de adopción también está invitada.

–¿Jared Cameron?

–Sí, y el matón también.

–He comprobado que Tony no es ningún matón –dijo Sara, al recordar que aquéllas habían sido sus propias palabras–. Jamás debería haber dicho eso.

–Pues a mí me recuerda a un matón. Es grande y de aspecto lento. No creo que sea un guardaespaldas tan bueno.

Sara tenía sus dudas sobre la lentitud de movimientos de Tony, pero no dijo nada.

–Bueno, nos vemos el sábado a las once –afirmó Harley antes de marcharse.

–Claro.

Sara se imaginó a Jared Cameron en la barbacoa. Se preguntó si la invitaría a bailar.

Harley fue a buscarla exactamente a las once en punto.

–Estás muy guapa, Sara –dijo, al ver que ella iba vestida con una amplia falda y una sencilla blusa de algodón blanco–. ¿Te encuentras bien?

–Sí. Los puntos me tiran un poco, pero estoy muy bien.

–¿Crees que podrás subir tú sola a la furgoneta?

–Claro que sí –dijo, entrando en el vehículo. Le dolió un poco, pero no dijo nada–. Pan comido.

Harley sonrió.

–¡En ese caso nos vamos!

El rancho de Cy Parks era enorme, incluso para estar en Texas. Todas las personas poderosas del condado habían acudido a la ya famosa barbacoa de Parks.

–¿Es ése Joshua, el niño pequeño de los Coltrain? –preguntó Sara, señalando a un pequeño de cabello rubio.

–Sí. Y ése es J.D. El que le persigue es Jon, el hijo de Fay Langley.

–¡Han crecido tan rápido!

–Así es –afirmó Harley–. Los niños deben de ser muy divertidos. Sus padres parecen adorarlos.

–Me imagino que sí.

Sara estaba contemplando a los niños cuando vio un rostro familiar. Jared Cameron estaba junto a una de las mesas, hablando con Cy Parks. Con ellos estaban Tony el Bailarín y… la abogada Max Carlton. Jared le había colocado un brazo alrededor de los hombros.

Sara se sintió como si acabara de meterse en una pesadilla.

Jared la vio en el mismo instante en el que Sara lo descubrió a él y comprobó que ella iba acompañada de Harley Fowler. Ella apartó los ojos y dejó que Harley la acompañara al lugar en el que Lisa estaba sentada con el pequeño Gil en el regazo. Sara decidió que ella no tenía ningún derecho y que no debía sentirse traicionada porque Jared estuviera con una mujer tan hermosa como Max.

–Siéntate –le dijo Lisa cuando llegaron junto a ella–. Podría haber dejado a Gil en el corralito, pero no me gusta estar apartada de él, ni siquiera por unos instantes.

–A mí tampoco me gustaría –admitió Sara–. Es precioso.

Gil sonrió a Sara y le dijo:

–Guapa.

Sara y Lisa se echaron a reír.

–Cuando crezca va a ser un ligón –comentó Harley–. ¡Ya está empezando!

–Tal vez tengas razón –dijo Lisa–, pero se ve que le gusta Sara.

–Sara le gusta a todo el mundo –afirmó Harley.

–Eso no es cierto –repuso Sara.

Jared Cameron se dirigía hacia ellos con Max colgada del brazo. No dejaba de sonreír a la abogada, pero lanzó una mirada asesina a Harley y a Sara cuando se acercó al grupo.

–No deberías haberte levantado tan pronto después de una operación –afirmó Jared, refiriéndose a Sara.

–¿Y por qué tienes tú derecho a hacerle a Sara ese tipo de comentarios? –preguntó inocentemente Lisa.

–Porque me la llevé a mi casa y la cuidé hasta que se puso mejor. Tengo un gran interés en su recuperación.

–¡Como si tú te hubieras ocupado de mí! Fue Tony el que hizo todo el trabajo.

–Hola, Sara –dijo Tony, acercándose también al grupo e interrumpiendo así la discusión–. ¿Te encuentras bien?

–Mucho mejor, Tony. Gracias –respondió. Entonces, le dedicó una genuina sonrisa.

Por su lenguaje corporal, resultaba evidente que Max estaba cada vez más incómoda.

—No vamos a comer aquí fuera, ¿verdad? —comentó—. ¡Hay muchas moscas!

—Sólo se posan sobre las personas malas —prometió Sara.

Segundos después, dos enormes moscas fueron a posarse sobre el brazo de Max. Ella lanzó un grito y empezó a dar manotazos.

—¡Quitádmelas de encima! —exclamó.

Tony miró a Sara y sonrió.

—¿Te suena? —bromeó.

Sara se echó a reír. Max creyó que se estaba riendo de ella y, sin pensárselo, le dio un bofetón a Sara.

Se produjo un inmediato silencio a su alrededor. Cy Parks se acercó al grupo muy enfadado.

—¿Te encuentras bien, Sara? —le preguntó.

—Sí… —susurró ella. Tenía una enorme marca roja en la mejilla.

Cy se giró a Max.

—Hasta ahora, jamás le había pedido a ningún invitado que se marchara de mi casa. Quiero que se vaya, señorita.

—¡Se ha reído de mí! ¡Yo estaba cubierta de moscas y a ella le pareció gracioso!

—Se estaba riendo porque a ella le ocurrió lo mismo en nuestra casa con un avispón —dijo Tony—. Yo se lo he recordado.

—Oh… —susurró Max, sonrojándose enseguida.

Jared no había hablado hasta aquel momento,

pero sus ojos comunicaban todo lo que tenía que decir.

–Espero que te disculpes ante Sara antes de que te lleve de vuelta al rancho –le espetó a Max.

–Lo siento mucho –le dijo ella a Sara–. Espero no haberte hecho daño…

Al ver cómo se marchaban, Sara se sintió algo desilusionada. Había esperado tener la oportunidad de bailar con Jared, pero, al mismo tiempo, se odiaba a sí misma por pensarlo. Se había mostrado muy desagradable con Harley.

–¿Quién era ese tipo tan grande que acompañaba a Jared? –preguntó Cash con curiosidad.

–Tony el Bailarín –respondió Cy.

Todos lo miraron atentamente. Cy se dio cuenta inmediatamente de la metedura de pata que había hecho.

–Oí que Jared lo llamaba así en una ocasión –se apresuró a decir.

Todos siguieron observándolo muy extrañados. Había utilizado el nombre propio de Jared, algo que jamás hacía con desconocidos.

–Bueno, fingid que no he dicho nada y vayamos a comer esa barbacoa tan deliciosa –musitó. Entonces, tomó a su hijo en brazos.

Harley se excusó en su nombre y en el de Sara y la llevó a un lugar más apartado de las mesas.

–¿Estás segura de que te encuentras bien? –le preguntó. Parecía preocupado.

–Sí. Ha sido un buen susto. Nada más.

–No me gusta esa abogada –musitó Harley–, pero su jefe y ella parecen estar hechos el uno para el otro. Los dos son mala compañía.

Sara no respondió. Estaba recordando la dureza con la que Jared había mirado a Max tras el incidente. Ese hecho le resultaba reconfortante, pero la mejilla aún le escocía.

La música latina que tocaron los mariachis hizo que todos se subieran a la pista de baile. Justo cuando Harley se disponía a sacar a Sara, vio que alguien se le anticipaba.

Jared Cameron la tomó en brazos y la llevó hasta la plataforma de madera, donde la colocó muy suavemente. Entonces, le sonrió de un modo que hizo que el corazón de Sara se acelerara alocadamente. Ella le rodeó el cuello con un brazo y lo miró.

Durante un instante, Harley pensó en separarlos, pero cuando vio el rostro de Sara vio que sería casi una traición interferir. Muy decepcionado, regresó a la mesa del bufé para tomarse una cerveza.

–No creía que fueras a regresar –le dijo Sara a Jared. Él era mucho más alto que ella, por lo que la coronilla de Sara apenas le alcanzaba la barbilla.

–¿No? Al menos veo que no te ha hecho un hematoma –dijo, tras observar la mejilla de Sara–. Jamás me habían entrado tantas ganas de pegar a una mujer.

–Ella creía que me estaba riendo de ella.

–Tony se lo explicó perfectamente. Por cierto, mantén las distancias con Tony –añadió–. No es lo que parece ser. Podría hacerte daño.

–Jamás me levantaría la mano.

–No me refería a daños físicos…

–Es muy amable conmigo.

–Le recuerdas a su hermana –dijo Jared, retomando de nuevo el baile.

–Eso me dijo. Me contó que había muerto.

–Hay cosas sobre Tony que es mejor que no sepas –le susurró él, estrechándola contra su cuerpo.

–Cy Parks os conoce a ambos.

–Bueno, llevamos viviendo aquí varias semanas –replicó él.

–No me refería a eso.

Jared frunció el ceño.

–Hace algún tiempo que conozco a Cy. No te hagas ilusiones –le pidió Jared, al ver que la curiosidad se reflejaba en el rostro de Sara–. No pienso desperdiciar la tarde recordando el pasado. Estoy mucho más interesado en crear nuevos recuerdos…

Le recorrió la espalda con la mano con un movimiento muy sensual que hizo que Sara se sintiera como si fuera a deshacerse. Si Jared se le insinuaba más abiertamente, sabía que jamás podría resistírsele.

–He hecho que Tony lleve a Max al aeropuerto.

–¿Se ha marchado?

–Sí.

–¿Va a venir Tony a buscarte?

–Sí –respondió, pero no parecía estar muy contento al respecto–. Hablaba en serio cuando te dije lo de Tony. No tienes por qué empezar a buscarlo de carabina.

–Te recuerdo que yo he venido con Harley…

–Y yo te digo que te vas a marchar a casa conmigo.

Sara deseó profundamente que su excitación no se hubiera reflejado en su rostro al escuchar lo que Jared le decía. No podía marcharse con otro hombre cuando había sido Harley quien la había llevado a la barbacoa.

–Sara –le dijo Harley, acercándose a ella por la espalda–. Tengo que hacer algo para el jefe que no puede esperar…

–No te preocupes –replicó Jared–. Yo la llevaré a su casa.

–Sara, ¿te parece eso bien?

–Sí, claro Harley. ¿De qué se trata? ¿Me lo puedes contar?

–No puedo. De verdad –afirmó–. Volveremos a repetir esto, Sara.

–Por supuesto.

Harley se despidió de Jared con una inclinación de cabeza y se marchó hacia el aparcamiento. Hasta de espaldas parecía triste. Jared, por el contrario, estaba encantado.

–¿Has tenido tú algo que ver con eso? –le preguntó Sara.

–¿Quieres decir que si le he pedido a Cy que le

ordenara algo a Harley para que yo pudiera llevarte a casa? Por supuesto que sí. No me gusta tener competencia.

—¿Cómo has dicho?

—Soy un hombre muy posesivo —le dijo él, estrechándola aún más contra su cuerpo—. Territorial.

Él dejó de bailar y le trazó el contorno de la boca con un largo dedo, torturándole los labios con una sensual tensión que fue acrecentándose minuto a minuto.

—Estás cansada —susurró—. Has hecho demasiado y necesitas irte a casa. Y yo tengo que llevarte porque Harley tuvo que marcharse antes de la cuenta.

Ella asintió. No podía articular palabra.

Durante el breve trayecto, no intercambiaron palabra alguna. La tensión era tal que resultaba casi tangible.

Al llegar a la casa, él aparcó y se volvió hacia ella.

—Hemos alcanzado el punto en el que no hay vuelta atrás —le dijo—. O seguimos adelante o dejamos de vernos. Soy demasiado viejo para detenerme en los besos.

Ella lo miró sin saber qué decir. Sus valores morales le decían que debía pedirle a Jared que se marchara y entrar sola a la casa. Llevaba toda una vida haciendo lo que debía, pero lo amaba.

Jared salió del coche, abrió la puerta de Sara y

cerró el coche antes de seguirla a ella al porche. Muy nerviosa, ella abrió la puerta de la casa y entró. Antes de que pudiera encender la luz, él la tomó entre sus brazos y la besó.

El sofá estaba a poca distancia. Cuando Sara sintió el peso de Jared sobre su cuerpo, le pareció la sensación más gloriosa que había experimentado nunca. Mientras Jared le devoraba la boca, ella empezó a palpitar como si se tratara de su acelerado corazón.

Sara estaba tan ansiosa como él de quitarse la blusa y el sujetador para que primero las manos y luego la boca de Jared pudieran explorar la infinita suavidad de su cálida piel. Cuando por fin él le metió las manos por debajo de la falda y le acarició las piernas desnudas, ella estaba temblando de la cabeza a los pies.

Sintió que su cuerpo vibraba, como si Jared estuviera tan electrificado como ella. Él dijo algo en voz muy baja, algo que Sara no pudo comprender. Aparentemente no era demasiado importante porque sólo segundos más tarde, ella volvió a sentirlo contra su cuerpo de un modo tan diferente como amenazador.

Trató de protestar, pero ya era demasiado tarde. Él le apretaba con fuerza la boca contra la suya cuando, de repente, el cuerpo de Jared invadió la parte más íntima y secreta de ella. Las deliciosas sensaciones que había experimentado cuando empezaron se habían esfumado. Jared se mostraba insistente. Le sujetaba con fuerza las caderas con las manos mientras se hundía con fuerza en ella. Cuando sintió que una delicada barrera cedía por fin, lanzó un gruñido de placer y perdió el control por completo. La abstinencia de mucho tiempo y demasiadas cervezas hicieron el resto. Sintió la oleada de placer inmediatamente y se echó a temblar en un tenso arco que le pareció como si fuera lluvia después del desierto abrasador.

Cuando por fin recuperó el control, sintió que ella trataba de apartarse de él. Oyó sollozos entrecortados. Temblorosos. Tristeza completa.

Levantó la cabeza y, aunque no podía verla en la oscuridad, al tocarle el rostro sintió que estaba mojado.

–Por favor... –susurraba ella, sin dejar de sollozar.

Jared se quedó atónito. No había querido ir tan lejos, al menos no la primera vez que compartían una cierta intimidad. Sin embargo, ya era demasiado tarde. Se apartó de ella y se abrochó la bragueta. Oyó que ella se apartaba y se cubría. Al menos había dejado de llorar.

–Voy a dar la luz –gruñó él.

–¡No! –gritó ella. Se había puesto de pie–. No, por favor no lo hagas.

–¿Por qué no? Sólo hemos hecho el amor. ¿Qué tiene eso de horrible?

–Por favor, vete –susurró ella, temblando de asco.

–Sara...

–¡Por favor! –sollozó ella.

Jared contuvo su ira.

–Chicas de pueblo y sus malditas manías –musitó–. ¿Y ahora qué? ¿Acaso piensas que vas a ir al infierno por haberte acostado con un hombre con el que no estás casada?

Aquel comentario estaba tan cerca de lo que le habían enseñado a Sara durante toda su vida que ni siquiera se molestó en responder.

–¡No me lo puedo creer! –rugió–. Es imposible que yo sea el primer hombre que… –se detuvo en seco al recordar la barrera que había tenido que franquear–. He sido el primero, ¿verdad, Sara?

–Por favor, vete.

–Dime al menos que estás tomando anticonceptivos.

–Jamás tuve la necesidad de hacerlo…

–¡Genial! ¡Es genial! Y ahora me ves como la puerta a cosas mejores, ¿verdad? Si te he dejado embarazada, tendrás la vida resuelta… ¿Eso es lo que crees? Sin embargo, no será así –añadió fríamente–. No quiero volver a tener hijos. Tendrás que abortar o te llevaré ante los tribunales y les demostraré a todo el mundo lo interesada que eres…

Jared estaba hablando de una posibilidad que ella ni siquiera se había parado a considerar hasta aquel momento.

–No te preocupes. Te prometo que no tendrás que enfrentarte a horribles consecuencias. Ahora, ¿podrías irte, por favor?

Jared se dirigió hacia la puerta lleno de furia. Cuando la abrió se volvió parar mirar a Sara.

–No quería hacerte daño...

–Toda mi vida no ha sido más que dolor. ¿Por qué tendría esto que ser diferente?

Sara se dio la vuelta y se dirigió a una habitación. Entonces, cerró la puerta y echó el pestillo.

Al oír aquel comentario, Jared frunció el ceño. No había pensado en seducirla, pero Sara jamás lo creería. Se sentía dolida, herida y ultrajada.

Jared abrió la puerta por fin y salió al porche. Jamás había perdido el control de aquella manera en toda su vida. Se sentía furioso consigo mismo.

Mientras estaba pensando en qué hacer a continuación, vio que una furgoneta se detenía al lado de su coche. Tony se asomó por la ventanilla.

–¿Está bien? –preguntó.

–Sí –mintió–. Vayámonos a casa. Quiero una copa. Ha sido un día muy largo.

–Ni que lo digas –replicó Tony–. No te vas a creer la que me montó Max en el aeropuerto.

Claro que se lo creería. La velada entera había ido de mal en peor, pero no estaba dispuesto a contarle a Tony todos los detalles. Dos mujeres en su vida y no podía con ninguna de las dos. Deseó de todo corazón que aquella charada terminara cuanto antes.

Capítulo Seis

Sara no pudo dormir. Se duchó y se puso un camisón limpio. Entonces, se sentó delante de un espejo y miró a la mujer caída que tenía delante. Su abuelo estaría avergonzado de ella. Y también su padre. No la habían educado para que fuera descuidada con su moralidad.

No sabía qué hacer. Sabía que había una píldora del día después, pero para tomarla tendría que acudir a un médico para pedirla. Entonces, todo el mundo se enteraría de lo que había hecho. La vergüenza sería demasiado grande. ¿Y si se había quedado embarazada? Estaba al principio del ciclo. ¿No era ése un mal momento para quedarse embarazada? Sin embargo, ella no era muy regular.

Jared se había limitado a tomar lo que quería. Tal vez ella había hecho algo que le había hecho pensar que estaba dispuesta. Debería haberle dicho en el coche que era virgen y que aún no estaba dispuesta para llegar al final.

Su falta de oposición le daba náuseas. Tal vez no ocurriera nada. En realidad no había disfrutado nada de lo que Jared le había hecho. ¿No significaba eso que no podría concebir?

Debería haber leído más libros. Sabía demasiado poco sobre su propio cuerpo y sobre lo que los hombres y las mujeres hacían en la oscuridad. Al menos, había averiguado por fin lo que las mujeres llevaban toda la vida mencionando en susurros. El sexo era doloroso y rápido. Sólo era divertido para los hombres. Las mujeres lo soportaban para tener hijos. Al menos, había comprendido que no quería volver a hacerlo. Conocía la verdad.

Se marchó a la cama. Sin embargo, por primera vez en muchos años, no tuvo pesadillas.

Jared estuvo sintiéndose culpable todo el día. Se sentía asqueado por su falta de control y lamentaba las cosas que le había dicho a Sara. Sin embargo, ella le debería haber dicho que carecía de experiencia. Si hubiera sabido que Sara era completamente inocente, no habría actuado de la misma manera.

Tony no había mencionado nada, pero no hacía más que mirar a Jared como si sospechara lo ocurrido. Recordar lo mucho que su guardaespaldas apreciaba a Sara no le ayudó en absoluto.

—Hoy no eres tú —comentó Tony cuando llegó la hora de comer. Había preparado una deliciosa paella—. Max no se ha marchado.

—¿Cómo?

—Está arriba.

—¡Te dije que la llevaras al aeropuerto!

—Y lo hice.

Jared estuvo a punto de explotar. Cuando iba a

volver a hablar, Max entró en el salón con un traje pantalón de seda gris.

—¿Es ya hora de almorzar? Estoy muerta de hambre.

—Te dije que te marcharas —le dijo Jared.

—Sí, pero no lo decías en serio —replicó ella—. Siempre me estás echando y, al día siguiente, me llamas para disculparte y me pides que vuelva otra vez. Esta vez he decidido ahorrarte las molestias.

Max tenía razón y Jared lo sabía. La abogada se sirvió un poco de paella y un vaso de vino.

Jared no era bebedor. De hecho, casi nunca tocaba el alcohol, pero el hecho de recordar lo que le había hecho a Sara lo empujaba a la bebida. Al final de la tarde, estaba muy cerca de caerse redondo al suelo.

Max arrinconó a Jared en su despacho y se sorprendió al ver la cantidad de whisky que él había consumido.

—Ha pasado algo, ¿verdad? Vamos, cuéntamelo.

—Puedo ocuparme yo sólo de este asunto.

—¿De qué asunto? No me lo digas —susurró, adivinando de qué se trataba—. Has dejado que esa paleta te seduzca, ¿verdad? —afirmó, para sorpresa de Jared—. Me lo había imaginado. Resultaba fácil darse cuenta de que ella iba detrás de ti. Ningún hombre podría haberse resistido. Y ahora te preocupan las consecuencias…

Jared se delató sin darse cuenta.

—No te preocupes. Yo me ocuparé de todo. Tú olvídate del asunto y déjamelo a mí —dijo Max.

–No le hagas daño –le pidió Jared.

–Te aseguro que no será necesario.

Sara regresó al trabajo el lunes por la mañana. Se sentía culpable y avergonzada, como si lo que había ocurrido se le notara en la cara.

–¿Has tenido un mal fin de semana? –le preguntó Dee.

–Fui a la barbacoa de los Parks. La comida estuvo deliciosa.

–¿Se divirtió Harley también?

–Harley tuvo que ir a hacer un encargo de su jefe justo cuando comenzó el baile –dijo ella. Si Harley no hubiera tenido que marcharse, no habría ocurrido nada.

–¿Sabías que Cy y Jared crecieron en la misma ciudad?

–¿Cómo lo sabes?

–Mi primo trabaja en el rancho de Cy. Sabe todos los cotilleos. Cy tenía una casa en Montana, igual que Jared Cameron. Jared le pidió a Cy que le quitara a Harley de encima.

Sara siempre había sentido simpatía por Cy Parks hasta aquel momento. Sin embargo, no podía culparle de lo ocurrido.

–Harley estaba furioso –continuó Dee–. Estuvo a punto de dejar el trabajo. Dijo que tú eras como Caperucita y que Jared era un lobo disfrazado.

–Jared se portó como un perfecto caballero –mintió.

Dee la miró durante un instante y se relajó.

–Gracias a Dios. Estaba preocupada de que… Qué tonta soy. Bueno, ahora tengo que ir al banco para pedir cambio para la caja. ¿Te apetece un café de la tienda de los donuts?

–Sí, por favor. Solo y sin azúcar.

–Eso es una novedad. ¿Estás segura?

–Estoy regresando a lo básico. Incluso en el café.

–Muy bien.

Cuando Dee se marchó. Sara se sintió como si el mundo se desmoronara a su alrededor. Era una crisis que se comparaba en intensidad sólo con el episodio que había marcado su pasado. Se recordó que había salido adelante en aquella ocasión. Después de eso, podría sobrevivir a todo.

Desgraciadamente, minutos más tarde Max entró en la librería.

–Me ha enviado Jared –dijo. Entonces, sacó un sobre y se lo entregó a Sara–. Ahí dentro hay un cheque por valor de diez mil dólares. Me ha dicho que te diga que espera que no haya complicaciones por lo ocurrido el sábado por la noche. En ese sobre hay más que suficiente para pagar un aborto si fuera necesario. Si no lo fuera, tienes unos buenos ahorros para el futuro. Jared no estará aquí mucho tiempo…

–¿No… estará aquí?

–Ha venido aquí para esperar a que las autoridades atraparan a tres inmigrantes ilegales que vinieron de América del Sur para secuestrarlo y pedir un rescate.

—¿Un rescate?

Max sacó una revista de su maletín. Se trataba de un diario financiero de tirada nacional. Jared Cameron aparecía en la portada. El artículo se resumía en una frase:

Magnate del petróleo se convierte en objetivo de los terroristas tras un enfrentamiento en una refinería de América del Sur.

Sara se quedó boquiabierta.

—Puedes quedártela —dijo Max—. Así tendrás algo con lo que acordarte de él.

—¿Y por qué se vino aquí?

—Porque parte del equipo de mercenarios que le ayudó a destruir la célula terrorista que centró su objetivo en sus refinerías vive aquí. Los supervivientes no estaban dispuestos a rendirse, pero fueron arrestados hoy cerca de Victoria.

—En ese caso, ya está a salvo.

—Así es, y se podrá marchar a Cancún conmigo para pasar unas largas vacaciones. Sus oficinas centrales están en Oklahoma, pero tiene otra casa en Billings, Montana, y residencias por todo el mundo. Vale millones de dólares y es un genio de la empresa. No creo que sea la pareja ideal de una librera en la profunda Texas, ¿no te parece?

Sara no pudo responder. Se limitó a mirarla con la angustia escrita en el rostro. La expresión de Max se endureció.

—Es mejor que te des cuenta de que él dice la

verdad. Si resulta que estás embarazada, es mejor que abortes. No creo que te gustara lo que él podría hacer contigo y con tu reputación. Te he advertido –añadió mientras se dirigía hacia la puerta–. No tengas un aspecto tan trágico, mujer. Las féminas llevan años peleándose para meterse en su cama.

–¿Y para qué? –preguntó ella con desprecio.

–No querrás decir que no disfrutaste…

–Preferiría quedarme soltera toda la vida que volver a pasar por eso.

–¿Tú nunca…?

Sara tragó saliva.

–Mi abuelo decía que las mujeres que entregan sus cuerpos por nada se merecen el purgatorio.

–Sara, ¿cuántos años tienes?

–¿Qué tiene eso que ver con…?

–Te he preguntado cuántos años tienes.

–Diecinueve.

Max palideció. Bueno, al menos no era menor. Sin embargo, estaba completamente segura de que Jared no sabía cuántos años tenía Sara. Si lo hubiera sabido, jamás la habría tocado.

–Lo siento… lo siento mucho –dijo Max.

Con eso, se dio la vuelta y se marchó.

Jared notó que, cuando Max regresó al rancho, estaba muy callada.

–¿Qué pasa? –le preguntó.

–Tiene diecinueve años, Jared –respondió ella.

Jared tuvo que sentarse. Nada le había sorprendido más en toda su vida–. Le dije lo que le tenía que decir…

–¿Cómo?

–Ser amable con ella no es una opción en estos momentos. ¿Y si decidiera acusarte de haberla forzado? Podrías perder mucho dinero y tu reputación quedaría hecha cenizas. Además, si tuviera un hijo, ¿qué clase de vida podría llevar ese niño viviendo en un sitio como éste con una madre que casi no gana ni el salario mínimo y que casi no podría ni comprarle ropa?

Jared no podía escuchar nada de lo que Max le estaba diciendo. El sentimiento de culpabilidad lo corroía por dentro.

–Bueno, ¿cuándo nos vamos a Cancún? –dijo ella.

–No lo he pensado…

–Creo que unos días en la playa te vendrían muy bien. Así podrás olvidarte de este lugar.

–¿Y por qué Cancún?

–Bueno, tiene unas hermosas playas y hay ruinas mayas muy cerca…

–Dime la verdad.

–No estoy haciendo nada deshonroso –dijo ella–. Hay un consorcio de productos farmacéuticos. Quieren invertir en nuestro conglomerado.

–¿Cómo se llama?

–Se llaman los Reconquistas.

–¿Cuándo hablaste con ellos?

–La semana pasada. ¿Por qué?

–Las fuerzas de seguridad acaban de arrestar a tres terroristas en Victoria que se dirigían hacia aquí. ¿Tú no sabes por qué?

–No querrás decir que…

–Son parte de un consorcio que hace contrabando de narcóticos, Max. Si hubieras venido a mí en primer lugar, te lo habría dicho, pero ya sólo veías el dinero, ¿verdad?

–Nunca viene mal ganar un poco más de dinero…

–Y tampoco despedir a la gente. Es mejor que vayas buscándote otro trabajo.

–No lo dices en serio. Siempre me estás despidiendo, pero siempre me llamas para que vuelva.

–Esta vez no. Ya has hecho bastante daño.

–¿Yo? ¿Que yo he hecho bastante daño? ¿Y cómo llamarías tú a lo de seducir a una niña de diecinueve años?

Justo en aquel momento Jared se dio cuenta de que Tony estaba en la puerta y que lo había escuchado todo. Inmediatamente, su guardaespaldas se acercó a él.

–¿Es eso cierto?

Jared no pudo contestar.

–Esa dulce niña que jamás le ha hecho daño a nadie… Después de la tragedia de su pasado, tú has terminado de rematarla.

–¿Qué quieres decir con eso de la tragedia de su pasado?

–Jamás te lo diré. Además, cuando termine todo esto, yo me largo. No pienso trabajar para un hombre como tú.

Con eso, se dio la vuelta y se marchó.

Max se marchó también. Jared regresó a su despacho y cerró la puerta de un golpe. Jamás se había sentido más avergonzado en toda su vida.

A la mañana siguiente, cuando Sara fue a trabajar, vio que había una furgoneta desconocida en el aparcamiento. De hecho, llevaba allí desde el día anterior. En realidad, había aparecido justo después de la visita de Max. Entró en la librería.

—Hola, Dee.

—Hola. Me marcho al banco. ¿Quieres un café?

—Me encantaría.

—Compraré también unos donuts. Esa vieja furgoneta sigue ahí.

—Tal vez se ha estropeado.

—Bueno, no tardaré mucho.

—De acuerdo.

Dee acababa de marcharse cuando tres hombres de aspecto extranjero entraron en la librería. Miraron a Sara y empezaron a recorrer la tienda para asegurarse de que estaba sola. Sara no tenía más armas que la pequeña navaja que utilizaba para abrir las cajas.

Sabía que aquellos hombres eran de ultramar y no necesitaba pensar mucho para saber por qué estaban allí. Si esos hombres habían escuchado su conversación con Max, seguramente habrían decidido que ella era un objetivo mucho más sencillo que Jared.

De las cosas que podía hacer, decidió que lo mejor era que se apuñalara a sí misma y que fingiera que estaba inconsciente e incluso muerta. Tal vez así los hombres se asustarían y decidirían marcharse. Sería muy arriesgado llevarse a una mujer herida para pedir un rescate.

Sabía muy bien dónde estaba la incisión que le habían hecho para sacarle la apendicitis. Los tres hombres saltaron el mostrador y la rodearon.

—Tienes que venir con nosotros —dijo un hombre, con un fuerte acento—. Te hemos visto con la abogada. Eres la chica de Cameron. Pagará por ti.

—Yo no soy la chica de nadie. Moriré antes de irme con vosotros —dijo. Entonces, tras entonar en silencio una oración, se clavó la navaja en la incisión a través de la ropa.

—¡Ay! —gritó.

Se desmoronó al suelo con las manos y la blusa cubiertas de sangre. Suspiró y contuvo el aliento. Parecía muerta.

Mientras los tres hombres trataban de recuperarse de lo que habían visto, Harley Fowler se bajó de su furgoneta y se dirigió hacia la librería. Al verlo, los tres hombres decidieron salir huyendo.

Harley no comprendió nada. Entonces, se le pasó por la cabeza la posibilidad de que hubieran cometido un robo en la librería. Entró rápidamente.

Al ver que Sara estaba en el suelo sangrando por el costado, Harley contuvo el aliento.

—Ha funcionado —musitó ella—, pero he tenido

que hacerme daño. ¿Puedes llamar a Urgencias, por favor?

Harley sacó su teléfono y se dispuso a hacer la llamada.

—Iban a secuestrarme. Creía que Jared Cameron pagaría rescate por mí. ¡Qué gracia!

—¿Y por qué iban a pensar eso?

—Mira la revista que hay sobre el mostrador, Harley. Lo comprenderás todo.

La herida no era grave. El doctor Coltrain se la cosió en un instante tras aplicarle una anestesia local. Sara seguía sentada en la mesa de curas cuando do Cash Grier entró.

—Harley me ha contado que tres hombres te atacaron en la librería. Ayer sobre mediodía, se escaparon tres prisioneros de la cárcel de Victoria. Eran árabes, según la policía de esa localidad. Al menos, hablaban lo que a él le pareció árabe.

—Sí —replicó ella—. Estaban en una desvencijada furgoneta. Siguieron a la abogada de Cameron a la librería porque pensaban que yo era importante para el señor Cameron, ¡Qué tontería!

—¿Te dijeron algo?

—Sólo que creían que yo tenía relación con él. Debían de estar verdaderamente desesperados para elegirme a mí como rehén.

—¿Te apuñaló uno de ellos?

—No. No te lo vas a creer… Me apuñalé yo sola. Les hice creer que iba a suicidarme y, tras herirme, me tiré al suelo y me hice la muerta. Entonces, cuando vieron que llegaba Harley, que iba armado precisamente hoy, decidieron largarse.

–Vaya, vaya… Eres una maestra de la improvisación.

–Me pareció que era la única oportunidad que tenía. Eran tres hombres contra mí.

Justo en aquel momento, Harley asomó la cabeza por la puerta.

–¿Cómo estás?

–Bien. El doctor Coltrain ha vuelto a coserme.

–¿Y no te podrías haber limitado a gritar o algo así?

–¿Y quién me habría escuchado? Somos la única tienda que hay en esa zona.

–Tiene razón –afirmó Cash. Justo entonces, su radio sonó. Se puso a hablar por el micrófono que llevaba colgado al hombro–. Grier.

–Los tenemos –le dijo uno de sus ayudantes–. Los llevamos ahora a comisaría.

–Voy enseguida –replicó Cash–. Corto.

Se volvió a mirar a Sara y sonrió.

–Muy bien –le dijo–, pero tienes que dejar de apuñalarte a ti misma. Estoy seguro de que hay una ley contra el intento de suicidio.

–Te prometo que no lo volveré a hacer.

Cash le guiñó un ojo y se marchó. Harley se acercó a ella y le tomó la mano.

–¡Qué alivio encontrarte de una sola pieza!

Sara sonrió. Él no era el único que se sentía aliviado.

De repente, se escuchó un tremendo revuelo en el pasillo. Segundos más tarde, Tony el bailarín entró en la sala.

Tony miró a Harley, que aún tenía la mano de Sara entre las suyas.

—He oído que esos tres asesinos fueron a por ti —le dijo Tony, muy preocupado—. Siguieron a Max, ¿verdad?

—Creo que sí. La vieron en una furgoneta con el nombre del rancho en la puerta.

—¿Te encuentras bien?

—Sí.

—¿Qué te han hecho? —le preguntó Tony, al ver que tenía la blusa llena de sangre.

Rápidamente, Sara le contó todo lo ocurrido. Justo cuando terminaba de hacerlo, el doctor Coltrain entró en la sala y miró con cierto recelo a Tony.

—Es Tony Danzetta —dijo Sara, a modo de presentación—. Trabaja para el señor Cameron.

Coltrain y Tony asintieron a modo de saludo.

Harley, por su parte, miró el reloj.

—¡Maldita sea! Tengo que marcharme…

—¿Podrías llamar a Dee y decirle que estaré en la librería en cuanto el doctor Coltrain me dé el alta?

—De eso ni hablar —dijo Coltrain—. Te vas a marchar a casa y te meterás en la cama durante un par de días. No deberías estar sola.

—Y no lo estará –afirmó Tony–. Yo la llevaré a su casa y me ocuparé de ella hasta que esté bien.

—Pero tu jefe…

—Voy a dejarlo hoy mismo –replicó Tony, sin mirarla a los ojos–. Si han arrestado a los secuestradores, él ya no me necesita. Y si no es así, puede contratar a otro. Tiene dinero más que suficiente.

Sara sintió que había ocurrido algo entre los dos hombres, algo que tenía algo que ver con ella. Al pensar en lo que Tony hubiera podido averiguar a través de Max, se sonrojó.

—Señor Danzetta, tengo que echarle un vistazo a la herida de Sara. ¿Le importa esperar fuera? Y tú también, Harley.

—Yo ya me marcho. Que te mejores, Sara.

—Haré lo que pueda, Harley. Gracias por todo.

—No creo que yo hiciera mucho. Hasta pronto.

—Yo esperaré fuera –dijo Tony.

Coltrain cerró la puerta de la habitación y miró a Sara con intensidad.

—No tienes que decirlo. Sé leer las caras muy bien. ¿Qué es lo que quieres hacer?

Sara empezó por negarlo. Luego decidió que era mejor no hacerlo.

—Yo no puedo ni matar a una hormiga.

—¿Y quién te ha pedido que lo hagas?

Sara se sacó el sobre del bolsillo y se lo entregó al médico. Tony el Bailarín escuchó las maldiciones desde el pasillo. Abrió la puerta y entró de nuevo.

—¿Qué pasa?

Coltrain, rojo de la ira, le entregó el sobre. Tony lanzó una maldición casi tan fuerte como la del médico.

–Primero una bomba en África que estuvo a punto de matarla y ahora esto...

Sara y el médico lo miraron boquiabiertos.

–No te acuerdas de mí, ¿verdad, Sara?

–No...

–Yo estaba con un grupo de mercenarios norteamericanos para tratar de restaurar el gobierno legítimo en la provincia en la que tus padres eran misioneros. Acabábamos de llegar. Íbamos persiguiendo a un grupo rebelde que había asesinado a dos de nuestros hombres. Vimos la explosión y te encontramos a ti y a tus padres.

Sara lo miró fijamente, como si estuviera tratando de recuperar el pasado.

–Sí... unos mercenarios enterraron a mi padre. Y uno de ellos me llevó a mí a un camión y consiguió ponernos a salvo a mí y a mi madre...

–Era yo, Sara.

Ella sonrió con tristeza. No lo había reconocido. Sin embargo, recordaba muy pocas cosas de lo ocurrido hacía ya tantos años.

–He perdido parte de la memoria a largo plazo.

–Cy Parks estaba en otro grupo de mercenarios, trabajando con nosotros. Destruyó un nido de ametralladora. Uno de los hombres que murió había sido el causante de la explosión que mató al padre de Sara y la hirió a ella.

–No lo sabía –susurró ella.

118

–No tenías por qué. ¿Cuándo puede usted saber si está embarazada?

Sara contuvo el aliento.

–Dentro de un par de semanas. Tal vez tres. Deberías pegarle un tiro a ese maldito jefe tuyo…

–Me dan ganas, pero ya es demasiado tarde. Lo que está hecho, hecho está. Yo me ocuparé de ella.

Sara sintió que los ojos se le llenaban de lágrimas. Tony la abrazó con fuerza mientras lloraba.

–Venga, venga… ya ha pasado todo. Todo va a salir bien –le prometió Tony.

Coltrain le dio una palmada en el hombro.

–Voy a preparar las recetas de lo que tiene que tomar. Espero que te asegures que se medica como es debido.

–Puedes estar seguro de ello –replicó Tony.

Sara se sintió como una reina. Tony era maravilloso. Limpiaba, ordenaba y preparaba la cena. También se ocupaba de darle las medicinas a Sara y de hacer la colada.

Una noche, mientras la arropaba, se sentó a su lado sobre el colchón.

–Quiero contarte una historia. Como sabes, yo tenía una hermana que era tres años menor que yo. Vivíamos en familias de acogida porque mi padre nos pegaba y mi madre había muerto. En una de las casas, había un chico al que le gustaba mi hermana. Él se mostró muy insistente y mi hermana halagada por su interés. Sólo tenía catorce años. Para ir terminando, la dejó embarazada. Ella estaba tan avergonzada y tan asustada que no sabía lo que hacer. El chico lo descubrió y le dijo que se arrepentiría si no se libraba del bebé. Mi hermana estaba demasiado avergonzada para contárselo a sus padres de acogida y tenía demasiado miedo al chico como para tener al bebé. Tampoco me lo pudo decir a mí porque yo estaba en otra familia por aquel entonces. Una noche, cuando todos estaban dormidos, se arrojó al río. La encontraron muerta al día siguiente por la tarde.

–Oh, Tony… lo siento mucho…

–Ella era lo único que yo tenía…

–Ahora yo soy tu familia –replicó–. Tú puedes ser mi hermano mayor.

–¿De verdad?

–De verdad.

–Bueno, seremos una familia muy poco convencional. ¿Aún consideras a Jared parte de ella?

–No. Él se convirtió en un desconocido para mí cuando Max me entregó ese cheque. Ya no forma parte de nuestra familia.

Tony no podía creerse que Sara hubiera dejado de sentir algo por Jared, pero asintió.

–Me parece bien. Ahora, deberías dormir un poco. Te aseguro que yo seré mejor familia para ti que mi ex jefe.

Aquellas últimas palabras provocaron una profunda tristeza en Sara.

–No te preocupes –le dijo Tony con firmeza–. Nos enfrentaremos a lo que venga.

–No voy a deshacerme del niño si el resultado sale positivo.

–Jamás pensé que lo harías –dijo Tony.

–No se lo diremos. Puede marcharse a todas las casas que tiene por el mundo y a divertirse con Max.

–Te aseguro que nadie se divierte con Max. En lo único que piensa esa mujer es en el dinero.

–Pues qué triste. Lo digo en serio. Sería agradable tener dinero, pero yo estoy encantada con el modo en el que vivo ahora.

–Y yo también, cielo. Si no se tiene otra cosa, el dinero es muy mala compañía.

Sara se pasó una mano por el vientre.

–Quería mucho a su hija…

–Sí, pero lo descubrió demasiado tarde. Ahora está solo y teme tener otro hijo. Eso le convertiría en un ser vulnerable.

–Todo el mundo lo es –afirmó Sara, reclinándose sobre los almohadones–. No se puede escapar a la vida.

–Sí. Lo sé.

Tony le llevó el desayuno y regresó a la cocina para preparar un delicioso pastel. Justo antes de comer, entró de nuevo con el teléfono inalámbrico en la mano.

–¿A quién conoces en Nueva York?

–A nadie… ¿Nueva York, dices? ¡Dame el teléfono! –exclamó, presa de una profunda excitación–. Sara Dobbs.

La llamada emocionó a Sara hasta límites insospechados. Se trataba de uno de los editores de una editorial que le llamaba para decirle que iban a publicar su libro para niños.

Permaneció allí sentada, con las lágrimas cayéndole abundantemente por las mejillas, escuchando cómo el editor le hablaba de plazos y de un anticipo por los derechos de autor. Cuando colgó, estaba prácticamente fuera de sí.

—Me van a publicar mi libro... ¡Y me van a pagar por ello!

—¡Genial!

—No me lo puedo creer...

—¿De qué trata?

Sara le explicó que se trataba de unos cachorrillos y de sus aventuras.

—Tengo que llamar a Lisa para contárselo. Después de todos los cachorritos eran suyos.

—Me encantaría ver ese libro.

—Da la casualidad de que tengo una copia —le dijo, señalando el pequeño escritorio que tenía en su habitación.

Tony fue a buscar el libro y lo hojeó, admirando en voz alta la calidad y belleza de los dibujos.

—Jamás me imaginé que podrías dibujar así. Eres muy buena.

—Gracias, Tony. Me siento abrumada. Jamás pensé que lo vendería y mucho menos tan rápidamente.

—Te lo mereces. Has pasado por algo malo y ahora te toca algo bueno.

–Eso es lo que mi abuelo solía decir. Mi madre lo odiaba. Fue él quien convenció a mi padre para que se fuera a las misiones en África, algo que él siempre había querido hacer pero que jamás se había atrevido a realizar. Mi madre no quería ir, pero mi abuelo y mi padre la convencieron. Ella culpó a mi abuelo de todo lo ocurrido y decidió avergonzarle públicamente y hacerle pagar así por la muerte de mi padre. Sin embargo, a la única persona a la que hizo daño fue a sí misma.

–Pobrecita mía –susurró Tony–. Y yo que creía que mi vida había sido mala…

–Todo el mundo tiene que sufrir cosas malas a lo largo de la vida, pero, de algún modo, sobrevivimos. Nos hacemos más fuertes.

–Es cierto.

Sara acababa de terminarse una taza de café cuando Jared Cameron entró. Tenía los ojos inyectados en sangre y estaba sin afeitar. Parecía cansado e irritado.

–¿Por qué no me llamaste? ¿Por qué no me llamó Tony? ¡Te convertiste en objetivo por mi culpa!

–No nos pareció que quisieras saber nada –replicó ella, sin mirarlo a los ojos.

–El jefe de policía me dijo que los secuestradores siguieron a Max a tu librería, pero yo no la envié a verte.

–Supongo que falsificó tu firma, ¿no?

Jared se quedó completamente atónito. Sara,

sintiéndose algo mejor por su reacción, sacó el sobre de la mesilla de noche.

—Es mejor que te lo quedes. No acepto chantajes.

—¡Maldita Max! —exclamó él, al ver el cheque.

—Y te aseguro que no voy a abortar. ¡No tienes ningún derecho a poner en peligro mi alma!

—Yo no quiero tener otro hijo...

—Entonces, ¿por qué no te detuviste?

—No tenía intención de ir tan lejos —susurró él—. Te lo juro por Dios. Además, yo creía que eras mayor. Diecinueve años. ¡Por el amor de Dios! Tengo que decirte que despedí a Max.

—No me sorprende.

—¿Cuál de esos canallas te apuñaló?

—Ninguno. Me apuñalé yo misma para poder escapar de ellos.

—¿Que hiciste qué?

—Tenía una navaja y me la clavé donde tenía la cicatriz de la apendicitis. Fue lo único que se me ocurrió.

—Si Max no se hubiera metido donde no la llamaban, jamás te habrían encontrado. Cuando me lo dijo, sentí ganas de estrangularla.

En aquel momento, Tony entró en la habitación. Estaba furioso.

—¿Cómo has entrado aquí?

—Por la puerta principal. Déjanos a solas.

Tony lo consideró durante unos instantes.

—Está bien. Estaré en la cocina, Sara.

Jared la miró.

—¿Cuándo lo sabrás a ciencia cierta?

–El doctor Coltrain dice que es demasiado pronto para estar seguros. Creo que debemos esperar dos o tres semanas.

–Maldita sea mi suerte…

–Puedes maldecir todo lo que quieras, Jared, pero todo esto es sólo culpa tuya.

–Lo sé, Sara… Tú no hiciste nada más que confiar en mí. Eso fue un error. Yo no he tenido mucho contacto con mujeres en los últimos meses. Perdí el control. Si te ayuda en algo, lo siento. Además, yo jamás le pedí a Max que te llevara ese cheque. Fue idea suya. Me dijo que se ocuparía de todo y yo estaba lo suficientemente bebido para que no me importara cómo.

–¿Bebido?

–Tú me pediste que me detuviera y yo no pude hacerlo. ¿Cómo te crees que me sentí? Entonces, Max me dijo los años que tienes…

–Bueno, no soy exactamente una niña. Y la violencia tampoco me resulta ajena.

–Sí, claro. Trabajando en una librería de pueblo.

Sin poder contenerse, Sara le contó lo que les ocurrió a sus padres y a ella en Sierra Leona.

Si Jared se encontraba mal antes, el relato de las desventuras de Sara le provocó un fuerte dolor de estómago.

–El hecho de vivir aquí con Tony te va a arruinar la reputación –señaló.

–¿Qué reputación? Gracias a ti, soy una perdida. Si estoy embarazada, no podré ocultarlo tarde o temprano. Al menos, Tony cuida de mí.

–Te repito que hay cosas sobre Tony que tú desconoces.

–Igual que tú. Tony me salvó la vida en África. Yo, por supuesto, no me acuerdo de él. Una gran parte de mi infancia desapareció con el tejido dañado de mi cerebro.

Jared se quedó atónito. No podía marcharse y dejar que Sara se enfrentara en solitario a todo aquello ni aunque contara con la compañía de Tony, quien, por otra parte, no se había molestado en decirle que conocía a Sara y lo que sabía.

–¿No tienes una reunión, una conferencia o una carrera de yates a la que acudir? No me gustaría que llegaras tarde por mi culpa –replicó ella.

Antes de que Jared pudiera responder, Tony entró de nuevo con el teléfono.

–Lo siento, Sara. Es ese tipo de Nueva York otra vez.

Jared frunció el ceño.

–¿A quién diablos conoces tú en Nueva York? –le preguntó Jared a Sara, sin poder contenerse.

Capítulo Siete

Jared se quedó sorprendido por las palabras que acababa de decir. Estaba celoso. Y no quería estarlo.

Sara no sabía si decirle a Jared que se ocupara de sus propios asuntos o hablar con el editor que iba a comprarle su libro.

–¿Hola? –preguntó una voz, al otro lado de la línea telefónica.

–Soy Sara –dijo ella. Jared la contempló con desaprobación.

–¿Señorita Dobbs? Soy Daniel Harris, de la editorial Mirabella.

–Sí, señor Harris.

–Quería preguntarle si podría hacernos una versión coloreada de uno de los cachorritos para utilizarlo en la publicidad. También, vamos a necesitar ideas para un título. Le enviaremos el contrato a finales de esta semana. ¿Tiene usted agente?

–No. ¿Tendría que tenerlo? –preguntó, muy preocupada.

–Por supuesto que no. Si le preocupa, puede hacer que un abogado le revise el contrato. Le ofrecemos un contrato estándar, con un anticipo de los derechos de autor de...

Cuando le dijo la cifra, Sara tuvo que contener la respiración.

—... Después, usted recibirá un porcentaje de los derechos de autor cuando el libro esté a la venta. También nos gustaría que hiciera usted algo de publicidad, que firmara libros y ese tipo de cosas, cuando el libro se haya publicado. Pensando que sea para la próxima primavera. ¿Le parece bien?

—Oh, sí —dijo ella, con una radiante sonrisa—. Señor Harris, estoy abrumada. No sé cómo darle las gracias.

—Es un buen libro. Estamos orgullosos de publicarlo. Si todo esto le parece bien, le enviaremos el contrato inmediatamente. Si pudiera usted enviarnos el dibujo la semana que viene o dentro de dos semanas, estaría perfecto.

—Claro que sí —dijo.

—Estaremos en contacto.

—Gracias una vez más —afirmó, antes de colgar.

—¿Quién es Daniel Harris? —le preguntó Jared.

—¿Y a ti qué te importa?

—¿Quién es? —reiteró él.

Al ver que Jared no cedía, dijo:

—¡Muy bien! Es un editor. Le he vendido mi libro para niños a él.

—¿Un libro?

—He estado trabajando en un libro sobre los cachorrillos de Lisa Parks. Y me lo han comprado. Me van a enviar un contrato para que lo firme.

—Haré que un abogado lo revise en tu nombre —le ofreció él.

—¡Max no va a tocar ninguno de mis asuntos!

—Estás celosa.

—¡Y tú! –le espetó ella.

Jared la contempló durante un instante. Tenía una expresión rara en el rostro.

—Sí –respondió él. Sara se quedó completamente asombrada–. Podrías estar embarazada de mi hijo y soy muy territorial.

—Si hay un bebé, es mi hijo. No tuyo.

—¿Serías capaz de dejarme solo en el mundo?

—No estás solo, tienes a Max.

—La he despedido.

—Estoy segura de que no te costará mucho reemplazarla.

—Soy un hombre… Y los hombres tienen necesidades.

—Sí, ya lo he notado –replicó ella.

—¡Te he dicho mil veces que no quería que ocurriera algo así!

—Genial. Entonces, si hay un bebé, podremos decirle que lo suyo fue un accidente.

—¡No te atrevas!

Sara se sintió avergonzada.

—Me gustan mucho los bebés –dijo, colocándose las manos sobre el vientre–, pero me da miedo pensar que podría estar a punto de tener uno. Son tan pequeños…

—Cuando Ellen nació –susurró él–, me la pusieron en los brazos. Jamás había visto nada tan pequeño y tan perfecto –añadió, con una triste sonrisa en los labios–. Jamás he querido tanto a nadie…

Se interrumpió y se dio la vuelta. Sara se sintió muy culpable. Efectivamente, Jared había adorado a su hija. Tenía miedo de tener otro, de perderlo...

–Uno no se puede esconder de la vida –dijo Sara–. Yo lo sé. Lo he intentado. Tengo pesadillas en las que recuerdo cómo murió mi padre. Llevo años tratando de bloquearlo, pero ahora, en ocasiones, puedo verlo. Estuve inconsciente unos segundos después del golpe. Él saltó por los aires...

Jared regresó a la cama y quedó en pie al lado de Sara.

–Ojalá me lo hubieras contado –dijo–. No has tenido una vida fácil, ¿verdad?

–Ni tú tampoco.

–No creo que pudiera soportar la pérdida de otro hijo...

–La vida no viene con garantías. A veces, simplemente uno tiene que tener fe.

–Fe... Odié a Dios por lo que me hizo...

–Él no te odia. No castiga. Tenemos libertad de elección. Él no controla cada segundo de nuestras vidas. A veces ocurren cosas malas. Así es la vida. Sin embargo, la fe nos ayuda a seguir adelante...

–Sólo tienes diecinueve años. ¿Cómo puedes ser tan madura a una edad tan temprana?

–De niña tuve una vida muy dura. Así uno aprende cosas que no conocería nunca en un ambiente más protegido. He visto la muerte muy de cerca en numerosas ocasiones. Amigos, empleados... En Jacobsville podemos caminar por las calles después de que anochezca sin temor a que nos maten. Creo que eso es maravilloso. Y la gente lo da por sentado.

—En América del Sur, donde yo tengo mis negocios, la gente vive en condiciones que uno ni siquiera puede imaginar. Mujeres que son ancianas sólo con cuarenta años. Hombres mutilados y enfermos. Niños que mueren de enfermedades de las que se curan aquí... Me sentí culpable por sacar beneficio con ese ambiente alrededor. Creé una fundación para proporcionar pequeños préstamos a personas que querían emprender negocios propios. Te sorprendería lo lejos que puede llegar un poco de dinero en esos lugares.

—Sin embargo, enviaron secuestradores a por ti.

—Sí. El gobierno nacionalizó todas las empresas petrolíferas y yo tuve que sacar a los míos. ¿Sabes lo que es un narcoterrorista, Sara?

—Sí. Cultivan coca y la venden en pasta a los narcotraficantes para que comercien con ella. Controlan a los políticos.

—Así es. Como siempre necesitan dinero, han descubierto que secuestrando a ciudadanos extranjeros ricos es una manera fácil y rápida de obtenerlo. Pensaron que les resultaría fácil secuestrarme a mí. Se equivocaron.

—Tony me dijo que ésa fue la razón de que vinieras aquí. Como muchos de sus camaradas.

—Así es, pero no funcionó. Me encontraron sin atraer atención. Podrían haberse salido con la suya si tú no hubieras sido más lista que ellos. Eres muy valiente, Sara. No conozco a nadie, a excepción de Tony, que tuviera el valor suficiente para hacer algo así.

Sara se sintió muy orgullosa.

—Entonces, si los secuestradores han sido detenidos, tus preocupaciones han terminado.

—Bueno, en realidad no llegaron a secuestrar a nadie. Cash Grier los tiene retenidos por tenencia ilícita de armas. Llevaban varios rifles en la furgoneta sin permiso. No se les puede acusar de intento de secuestro porque no te pusieron las manos encima ni te sacaron de la librería. Por lo tanto, existe una gran posibilidad de que salgan en libertad dentro de poco tiempo.

—Supongo que el juez les podría poner una fianza muy alta.

—Los narcotraficantes tienen tanto dinero que hasta una fianza de un millón de dólares sería una minucia para ellos. No serviría de nada.

—Sin embargo, si salen en libertad, podrían volver a intentarlo...

—¿Acaso estás preocupada por mí?

—Bueno, puedo preocuparme aunque tú ya no seas mi familia.

Jared se echó a reír. No se sentía encarcelado en ninguna trampa. Tal vez había estado demasiado atenazado por la pena para darse cuenta. Decidió que no debía sentir miedo por perder el control con Sara.

—¿Qué vas a hacer? —le preguntó ella.

—No lo sé. Creo que iré a hablar con el jefe de

policía. Alguien me dijo que fue un Ranger de Texas anteriormente. Y también tirador de élite. Me han hablado de un intento de secuestro en el que él colaboró matando a dos de los secuestradores desde una distancia de más de seiscientos metros.

—También dicen que un asesino a sueldo.

—¿Y después de todo eso se conforma con ser jefe de policía de un lugar tan pequeño como éste?

—Es feliz aquí… Ya ves que no a todo el mundo le desagrada vivir en un lugar perdido de la mano de Dios como éste.

—*Touché*.

En aquel momento, Tony entró con una bandeja con un plato de sopa y otro de bocadillos.

—Es hora del almuerzo de Sara.

—Yo ya me marchaba —dijo Jared, poniéndose de pie inmediatamente—. Cómetelo todo como una buena niña.

—No soy ninguna niña.

—Comparada conmigo, sí.

—Mi madre tenía diecinueve años cuando me tuvo a mí —comentó Tony—. No se trata de la edad, sino del bagaje que uno tenga. Ella tiene casi tanto como tú, Jared. Simplemente es más joven.

—Supongo que tienes razón.

—Bueno, intenta que no te maten —le dijo Sara—. No estoy en condiciones de ir a un funeral.

—Haré lo que pueda —replicó él, sonriendo.

Tony lo miró muy serio.

—Volverán a intentarlo —dijo—. Cuando logren salir en libertad condicional.

–Lo sé –afirmó Jared–, pero se me ha ocurrido una idea.

Se marchó sin decir ni una palabra más.

Jared se dirigió directamente al despacho del jefe de policía Grier. Cash estaba hablando por teléfono, pero colgó en cuanto lo vio que entrar.

–Aún no los he soltado –dijo, imaginándose la razón de la visita.

–Esos tipos representan un peligro tan grande para mí como para Sara –afirmó Jared, tomando asiento–. Tenemos que encontrar el modo de demostrar que son secuestradores. ¿Qué te parece si arrestamos a Tony el Bailarín por allanamiento de morada?

–¿Estamos hablando de lo mismo?

–Podrías meterlo en la misma celda que ocupan los tres secuestradores. Tony podría ofrecerse a ayudarles por venganza.

–Podría funcionar… ¿Sabes que fue mercenario en el pasado?

–Por supuesto. Siempre compruebo la vida de mis empleados antes de contratarlos.

–Bueno, ¿quién va a hablar con Tony? ¿Tú o yo?

–Creo que sería mejor que lo hicieras tú. Por lo ocurrido con Sara, seguramente le encantaría rebanarme el gaznate.

–No fuiste tú el que mandó a Sara al hospital.

–No, pero podría haberla dejado embarazada.

Cash lo miró con desaprobación.

–Todos somos capaces de cometer errores –añadió Jared.

–Sí, pero Sara sólo tiene diecinueve años.

–No lo supe hasta que no fue demasiado tarde. Parece más mayor de lo que en realidad es.

–Considerando su pasado, no me extraña. Tony parece tenerle mucho cariño –dijo Cash, volviendo al punto de partida.

–Seré yo el que me ocupe de ella cuando llegue el momento. Si está embarazada, es mi hijo. No voy a permitir que lo críe Tony. Además, no creo que pudiera sentar la cabeza.

–Tienes que conocer a algunos de los habitantes de este pueblo. Empezando por Eb Scott.

–¿Eb Scott vive aquí?

–Sí. Tiene un fantástico centro de entrenamiento para militares y policías. Muchos ex mercenarios trabajan para él.

–Jamás pensé que Eb pudiera sentar la cabeza…

–Muchas personas dijeron lo mismo sobre mí. Creo que todo depende de lo que sea importante para uno. Para mí, antes era el trabajo. Ahora es mi mujer y mi hija.

–El trabajo sigue siendo muy importante para mí, pero últimamente he empezado a pensar si mis prioridades no estarán mal encaminadas. No hay muchas mujeres como Sara. Por supuesto, ella es demasiado joven para mí.

–Bueno, uno de mis ayudantes está casado con una mujer que es once años menor que él. Tienen gemelos y son muy felices. Depende mucho de la mujer. Algunas son más maduras que otras. Bueno, creo que iré a hablar con Tony.

–Y yo creo que me iré a la floristería para empezar a trabajar en mi campaña.

–¿Campaña?

–Tony no se va a casar con Sara.

–Eso lo tendrá que decidir ella –le advirtió Cash.

–Sí, bueno, pero Tony no se puede permitir flores y bombones como yo. ¡Veamos si puede competir!

Sara se sorprendió mucho al ver a Cash Grier en la puerta de su casa.

–¿Cómo estás, Sara? –le preguntó con una sonrisa–. ¿Te encuentras mejor?

–Sí, mucho mejor. ¿Por qué has venido aquí?

–Tengo que hablar con Tony. ¿Te importaría que viniera otra persona a cuidar de ti durante un par de días? Voy a arrestar a Tony por allanamiento de morada y no quiero que estés sola...

–¿Arrestarlo, dices?

–Cálmate. No es de verdad.

–¿El qué no es de verdad? –preguntó Tony, apareciendo de repente–. Cash, vamos a hablar en el salón.

Cash y Tony se metieron en el salón y cerraron la puerta. Sara se quedó muy preocupada.

–No robé ni rompí nada –protestó Tony–. ¡Sólo fui a dar de comer al gato!

—No será un arresto de verdad. Queremos que te relaciones con los secuestradores. Que les digas que Jared ha hecho que te detengan y que estás furioso con él. Que quieres venganza. Estoy seguro de que les encantará ayudarte. Tarde o temprano tendré que soltar a esos hombres y no podré convencer a un juez en su sano juicio de que les ponga una fianza altísima sólo por tenencia ilícita de armas. Si logran salir de la cárcel, tratarán de ir a por Jared o incluso a por Sara. Sea como sea, todo podría terminar en tragedia.

—Ya lo entiendo. Quieres que te ayude a tenderles una trampa para que tú puedas acusarles de intento de secuestro.

—Así es.

—Eso te lo sugirió Jared.

—Sí. Está preocupado por Sara.

—Pero no lo suficiente como para no seducirla.

—Me lo ha contado y lo siento mucho. Creo que se arrepiente de haberlo hecho y está empezando a sentir una cierta posesión hacia ella.

—Eso es imposible. Las mujeres para él son sólo de usar y tirar.

—Bueno, Tony. En ese caso, ayúdame a evitar otra tragedia en la que Sara podría verse implicada. Ayúdame a meter en la cárcel a esos tipos durante una buena temporada. Sara podría no tener tanta suerte una segunda vez. Sólo será un par de días, pero necesitamos a alguien que se quede con Sara. Yo había pensado en Harley Fowler...

—¿Sí? —replicó Tony—. Pues a mí se me había

137

ocurrido que tal vez Jared podría estar dispuesto a hacer el sacrificio.

—¿Quieres que él se quede con Sara?

—Sí. Podría ser lo que ambos necesitan para poner en orden sus prioridades. Y tú podrías poner vigilancia en su casa, por si acaso.

—Me gusta cómo piensas —comentó Cash, con una sonrisa.

Tony soltó una carcajada.

Si tomar la decisión fue fácil, no lo fue tanto comunicársela a Sara.

—¡No puedes meter a Tony en la cárcel! —gritó—. ¡Creía que eras mi amigo!

Cash hizo un gesto de dolor. Tony estaba de pie, a su lado, con las esposas puestas.

—No es lo que tú crees, Sara —afirmó Tony.

—Esto es obra de Jared Cameron, ¿verdad?

Sara estaba a punto de llorar cuando Jared entró por la puerta principal, que estaba abierta de par en par, con una maleta en la mano. Al verlo, Sara tomó un jarrón que tenía sobre la mesilla de noche y se lo arrojó a la cabeza. El jarrón se hizo pedazos cerca del hombro de Jared.

—¡Fuera de mi casa! —le gritó.

Cash miró a Tony.

—¿Estás seguro de que fue buena idea pedirle a Jared que se quedara con Sara? —le preguntó.

—¿Es ésa la manera correcta de tratar al padre de tu hijo? —le preguntó él.

—¡No voy a tener ningún niño!

—¿Cómo lo sabes? Es demasiado pronto para una prueba de embarazo. Sólo he venido a cuidar de ti mientras Tony esté fuera.

—Lo dices como si se fuera de vacaciones. ¡Se lo llevan a la cárcel!

—Lo sé.

—¿Que lo sabes? —preguntó, mirando atónita a los tres hombres. No era ninguna estúpida—. Oh.

—Es el único modo —le dijo Tony—. Si no lo hago, tú nunca estarás fuera de peligro.

—Tienes que creernos, Sara —afirmó Cash—. Ahora, tenemos que marcharnos.

—Regresaré antes de que te des cuenta —le prometió Tony—. Y tú ten cuidado, Jared. Puede que sean sólo tres o podría haber más.

—Lo sé. No te olvides de quién te enseñó técnicas de vigilancia. Adiós, Tony.

Cash se despidió de ellos con una inclinación de cabeza. Jared observó cómo se marchaban con las manos metidas en los bolsillos.

—¿Qué has querido decir con eso de las técnicas de vigilancia?

—El primer negocio que tuve era de seguridad privada. Tony y yo trabajamos juntos hasta que pudimos preparar a otras personas.

—¿Y a qué te dedicaste antes de eso?

—Fui policía en San Antonio.

—¡Por el amor de Dios! ¿Y ahora eres dueño de tu propia empresa?

—He contado con mucha ayuda, principalmente de Tony. Siempre fuimos amigos hasta que tú te cruzaste en nuestro camino.

–Ya sabes por qué ocurrió eso.

–Sí. No tienes que recordármelo. Además, Tony y yo estuvimos juntos en el ejército. Y fue el padrino de mi boda.

–¿Estabas enamorado de tu esposa?

–Sí. Cuando me casé con ella. Los dos proveníamos de familias rancheras y nos conocíamos desde siempre. Éramos amigos. Supongo que los dos pensamos que la amistad era suficiente. No lo fue.

–¿Por qué te dejó?

–Encontró a otra persona de la que estaba enamorada y se llevó a nuestra hija. Era una madre maravillosa y Ellen era muy feliz con ella. Yo no estaba mucho en casa, pero Ellen venía siempre que podía. Mi casa está en Oklahoma, donde está la central de mi empresa.

–Sin embargo, compraste un rancho aquí.

–Ya te dije que necesitaba un cambio. Pensé que un cambio de aires me vendría bien para superarlo todo.

–Lo que nos rodea no importa demasiado –dijo ella–. La pena y el dolor son portátiles. Nos acompañan a todas partes.

–Otra vez me sorprendes. Eres muy vieja para tu edad…

–Y cada vez más –replicó ella, con una sonrisa.

Jared se acercó a la cama y se sentó a su lado sobre el colchón. Entonces, sin previo aviso, le colocó una mano sobre el liso vientre.

140

–He protestado mucho, pero tal vez no estaría nada mal que estuvieras embarazada. Creo que esta vez podría ser mejor padre.

–Puedes venir a visitarnos siempre que quieras.

–No voy a consentir que mi hijo nazca fuera del matrimonio –dijo él frunciendo el ceño.

–Pues no te queda mucha elección porque yo no voy a casarme contigo.

–¿Por qué no?

Sara se sonrojó y apartó la mirada.

–Porque no quiero tener que volver a hacer eso…

–Sara, fue tu primera vez y yo tenía demasiada prisa –dijo él, muy suavemente–. Te hice daño porque me precipité. Sin embargo, te aseguro que mejora. De verdad.

Sara se había ruborizado completamente e hizo un gesto de dolor.

Era tan joven… Jared pensó que no debía haberla tocado. Sin embargo, Sara le hacía sentirse joven, lleno de vitalidad y de fuego. Le evocaba sentimientos de posesión que jamás había experimentado.

Recordó su primer encuentro y, de repente, llegó la inspiración.

–Podrías tener tu propia librería… Incluso podríamos construir un centro de recreo para niños, un pequeño café. Así, el bebé podría estar contigo mientras tú trabajabas y, si los clientes traen a sus hijos, éstos podrían jugar allí mientras sus padres realizaban sus compras.

–¿De verdad? –preguntó ella, sintiendo que su oposición se iba diluyendo poco a poco.

–Claro que sí. Yo podría delegar más en mis subordinados y viajar menos. Podríamos tener más de un hijo.

Cuando Sara lo miró a los ojos, todos sus anhelos estaban reflejados en ellos. Hijos. Un hogar. Un negocio…

De repente, frunció el ceño.

–¿Qué ocurre ahora?

–¿Estás seguro de que despediste a Max? Tony me dijo que siempre estás despidiéndola, pero que ella regresa en todas las ocasiones.

–Esta vez es algo permanente. Y también he terminado con la vida de playboy. Creía que los encuentros esporádicos con mujeres serían una cura para la soledad. No fue así.

No le había retirado la mano del vientre. Apretó un poco más.

–Tú conoces tu cuerpo mejor que nadie. ¿Qué te dice tu instinto?

–Yo… no lo sé. En realidad, es demasiado pronto.

–Bueno, sea como sea, saldremos adelante. Si no estás embarazada, pasaremos un tiempo conociéndonos antes de empezar una familia. Tendremos tiempo más que suficiente. Y Tony tendrá que encontrarse una nueva fuente de entretenimiento, aparte de cuidar de ti y de cocinar.

–Tony estará bien, ¿verdad? Son tres hombres y todos son muy fuertes…

—He visto a Tony pelearse con seis hombres y marcharse con una sonrisa en los labios. Es lo mejor. No podíamos arriesgarnos a que esos hombres salieran de la cárcel y fueran a buscarte a ti. Ahora, duerme un poco. Tengo que hacer unas llamadas. Después, seguiremos hablando sobre el futuro.

Sara podría haber respondido que tal vez no tuvieran uno en común, pero resultaba muy agradable fingir. Sonrió y asintió.

Cuando se disponían a meterlo en el calabozo, Tony iba gritando como un loco.

—¡Ni siquiera toqué nada! —gritaba al guardia que lo llevaba esposado—. ¡Sólo fui a darle de comer al gato!

—Eso díselo a un juez.

—¡Claro que lo haré! Jared Cameron sólo quiere dejarme fuera de juego para poder quedarse con mi chica. Pues díganle que, cuando salga de aquí, le voy a atropellar con un camión.

Cuando cerraron la puerta de la celda, Tony se volvió a mirar a sus compañeros y vio que uno de ellos lo miraba con mucho interés.

—¿Tienes algún problema? —le espetó Tony.

—No, pero parece que tú sí. Alguien ha conseguido que te encierren por nada, ¿verdad?

—Más o menos —respondió Tony, tras tomar asiento en una de las sillas.

—¿Jared Cameron has dicho? Creo que he oído hablar de él.

–La mayoría de la gente ha oído hablar de él. ¿Y tú por qué estás aquí?

–Por llevar armas, pero yo y mis chicos saldremos de aquí en cuanto nos pongan la fianza.

–Pues qué suerte. Yo estoy aquí por allanamiento de morada.

–No es muy grave.

–Lo es si uno está en libertad condicional.

–Entiendo. Una pena.

–Así es. Sería mejor para Jared Cameron que me condenaran a la pena de muerte por ello, porque el día que salga de aquí es hombre muerto. Conozco sus rutinas, cómo es su casa… ¡Todo!

–¿Y cómo es eso?

–Yo trabajaba de guardaespaldas para él hasta que le gustó mi chica y me la robó. Ahora, me quiere fuera de combate.

–¿Sabes una cosa? Podrías ganar mucho dinero y vengarte de Cameron a la vez si quisieras.

–¿De verdad? ¿Cómo?

–Conozco a algunas personas que pagarían mucho dinero por él.

–No es ningún tonto…

–Sí, pero ahora le falta su guardaespaldas. Antes de que pueda contratar a otro, sería un buen momento para vengarse de él.

–Sí…

El hombre se levantó.

–Tengo que hablar con mis amigos al respecto. Sin embargo, creo que podríamos meterte en el plan si te interesa.

–No tengo dinero para abogados y Cameron ni siquiera se ofreció a ayudarme. De hecho, creo que fue él quien le dijo a la policía que yo entré en la casa de esa chica. ¡Menudo jefe!

–Entonces, ¿quieres vengarte?

–Sí.

–Seguiremos hablando más tarde.

Tony se encogió de hombros.

–De acuerdo. No me voy a marchar a ninguna parte. Al menos, no inmediatamente.

Aquella noche, el carcelero fue a sacar a Tony tras explicarle que un abogado quería hablar con él sobre su arresto.

Cash Grier estaba esperándole en la sala de interrogatorios.

–¿Ha habido suerte?

–Sí. El jefe quiere que los ayude. Ha estado hablando con sus compañeros al respecto.

–¿Significa eso que estás dentro?

–Eso parece.

–Muy bien. Cuando los tres salgáis de la cárcel, te pondremos a ti un micrófono y a ellos un localizador en la furgoneta. En cuanto agarren a Jared, los tendremos por intento de secuestro y podremos entregárselos a los federales.

–Espero que tú te ocupes de Sara. No me fío de esos tipos. Nunca se puede estar seguro de lo que van a intentar. Dile a Sara también que no se preocupe por mí.

–Se lo diré, pero no creo que me sirva de nada. Le gustas.

–A mí también me gusta ella.

–Durante la vista de la fianza te apartaremos un momento de los secuestradores para poder ponerte el micrófono.

–Tened cuidado con lo que pongáis en su furgoneta. Podrían registrarla para ver si le habéis puesto algo.

–Pueden buscar todo lo que quieran, pero te aseguro que este localizador no lo van a encontrar. Hasta luego.

–Adiós.

Capítulo Ocho

El plan era bueno. Le pusieron un micrófono a Tony antes de que se marchara con los tres hombres. Los cuatro volvían a estar vestidos con ropa de calle. Los secuestradores parecían confiar en él.

Sin embargo, cuando estuvieron en el interior de la furgoneta, el conductor realizó una llamada por el móvil y habló en árabe. Por suerte, Tony hablaba el idioma.

El líder de los secuestradores le dijeron a su contacto que se dirigían a secuestrar a la mujer de la que Jared estaba enamorado. De algún modo, se habían enterado de que Jared estaba en la casa de Sara. La iban a retener lo suficiente para que él se les entregara y luego la matarían. También pensaban matar a Tony porque se podría convertir en un problema cuando viera que mataban a la chica. Cuando por fin tuvieran el rescate en su mano, harían lo mismo con Jared. Ya tenían sus billetes de avión. Todo sería cuestión de horas. El contacto se reuniría con ellos en el aeropuerto de Belice.

Tony maldijo el cambio de planes. No podía advertir a nadie. Por lo tanto, lo único que podía hacer era fingir que no había comprendido nada y comportarse como si nada.

–No matéis a Cameron, chicos –les dijo–. ¡Es sólo mío!

–Ten por seguro que no tenemos planes de matarlo. Sólo deseamos el rescate que nos va a reportar.

–Un momento –dijo Tony tras mirar por la ventana–. ¡Ésa no es la casa de Cameron!

–No está en esta casa –replicó el líder–. Cameron está con tu novia.

–Os pido que no le hagáis daño a ella.

–¡Tranquilo, amigo mío! Sólo tomaremos como rehén a Cameron. Así, la chica y tú estaréis libres. Te doy mi palabra.

Tony sabía que estaba mintiendo, pero asintió y fingió creerlo. Entonces, pensó en las opciones que tenía. Aparte de un micrófono, llevaba una pistola oculta en el tobillo y un cuchillo de combate en los pantalones. Tenía un reloj con un cable extensible. Todo eso combinado con su experiencia en el mundo de las artes marciales le colocaba en una buena posición.

–¿Os vais a llevar a Cameron del país después de secuestrarlo?

–Sí, sí –dijo el líder. Los tres hombres no dejaban de vigilar la casa–. Tenemos una base en Perú. Allí lo tendremos oculto hasta que se pague el rescate.

De repente, el líder abrió la puerta y les indicó que salieran, a excepción de uno de sus propios hombres, que actuaba como conductor.

–Tú irás primero –le dijo a Tony–. Llama a la puerta y finge que has venido a ver cómo está la mujer. Recuerda que no debes hacer daño a Cameron ahora. Necesitamos desesperadamente ese rescate. Más tarde, te lo entregaremos cuando tengamos el dinero.

—Muy bien. Creo que sería mejor que os escondáis vosotros —le dijo Tony. Esperaba quedarse a solas el tiempo suficiente como para advertirle a Cash Grier lo que aquellos criminales querían hacer.

—Estaremos a la vuelta de esta esquina —replicó el líder—. Así te tendremos siempre a la vista. Para estar seguros.

—Muy bien, pero os aseguro que yo quiero vengarme de ese tipo tanto como vosotros.

El líder pareció relajarse un poco. Él y su hombre fueron a esconderse.

Tony llamó a la puerta. Oyó pasos. No eran los de Jared. Los habría conocido en cualquier parte. Sonrió.

La puerta se abrió y Tony se lanzó al interior de la casa mientras que Cash Grier la cerraba de un portazo. En el exterior, se escucharon disparos.

—Menudos reflejos —le dijo Cash.

—Bueno, he tenido bastante práctica a lo largo de los años. ¿Y Jared y Sara?

—Están en casa de Jared. Por seguridad.

De repente, los disparos terminaron.

—¡Todo en orden! —gritó una voz.

Cash y Tony salieron al porche, donde cuatro policías y un hombre de traje llevaban a los dos secuestradores hacia la puerta principal. El tercero estaba de pie delante de la furgoneta, esposado y encañonado por otros dos hombres de paisano. Todo había concluido.

Tenían grabada la confesión de los tres secuestradores. Los agentes federales se los iban a llevar a Dallas, donde se enfrentarían a delitos federales. No volverían a intentar secuestrar a nadie más.

Tony regresó al rancho al día siguiente, pero Jared decidió mandarlo a Oklahoma para que se asegurara de que la casa estaba preparada para su llegada.

–Cuídate, Sara –le dijo Tony–. Espero que volvamos a vernos.

–Eso espero –replicó ella–. Gracias por todo.

–No hay por qué –afirmó. A continuación, le dio la mano a Jared–. Me aseguraré de que Fred y Mabel ponen la casa en orden. Doy por sentado que no vas a volver solo.

–Tienes razón –contestó Jared, mirando a Sara con adoración antes de que ésta entrara en la casa para dejar a solas a los dos hombres.

–Bueno, cuídate y, si hay bebé, espero ser el padrino. Ahora me marcho a Oklahoma.

–Cuídate.

–Tú también. Me mantendré en contacto.

Sara regresó con Morris en los brazos justo a tiempo para ver cómo Tony se marchaba.

–Si Tony se marcha ya, ¿por qué sigo yo aquí? –le preguntó a Jared con preocupación–. Esos tipos ya están en Dallas y yo me encuentro muy bien.

–Sigues aquí porque tenemos que hablar.

–No hace mucho que nos conocemos, pero creo que nos parecemos mucho. Eres una mujer de gran personalidad y muy inteligente. Creo que estarías muy contenta en Oklahoma. La mayoría de mis amigos son personas muy trabajadoras, no me muevo demasiado por los círculos de las clases altas. Tanto si estás embarazada como si no, no importa. Voy a delegar mi autoridad, a viajar menos y a empezar a vivir la vida y no sólo a ganar dinero.

–Parece muy serio…

–Lo es. Soy mucho mayor que tú y he tenido y perdido una familia. Tú podrías quedarte aquí y casarte con alguien más joven. Tal vez con Harley.

–No amo a Harley –susurró ella, mirándolo a los ojos–. Es mi amigo. En cuanto a lo de la diferencia de edad… yo soy mucho más madura que muchas mujeres de mi edad.

–Eso es cierto –musitó él al tiempo que le trazaba el contorno de la boca con el dedo índice–. Eso me lleva a la siguiente pregunta.

–¿Quieres casarte conmigo, Sara?

Sara lo miraba con el corazón reflejado en los ojos.

–¿De verdad me amas?

–Sí –dijo él, sin dudarlo–. Por supuesto que te amo. Bueno, ¿qué me dices?

–Yo me enamoré de ti en el momento en el que entraste en la librería. En realidad jamás creí que fueras un ogro.

–Tal vez lo era, pero tú me has reformado. Bueno, ¿qué te parece lo de casarnos aquí y luego marcharnos a vivir a Oklahoma?

—No me importa donde vivamos mientras estemos juntos, pero Morris tiene que venir con nosotros. ¿Tienes mascotas?

—¡Que si las tengo dices! Tengo caballos, perros, dos enormes gatos persas, un emú y un loro del Amazonas.

—Dios santo… ¿Y por qué tienes un emú?

—Ellen lo quería. Yo jamás había visto uno, pero un amigo ranchero estaba experimentando con ellos. Le compramos a Ellen una cría. Ella lo adoraba. Le prepararemos a Morris un lugar con sus cosas. Estoy seguro de que, después de unos días, se sentirá como en su casa. Hasta terminará haciéndose amigo de mis gatos.

—Entonces, ¿podríamos casarnos aquí?

—Por supuesto. Podríamos ir a Dallas para que tu vestido fuera de Neiman Marcus.

—No hace falta…

—Yo soy un hombre famoso. Estoy seguro de que vendrá la prensa. Tú no querrías que yo saliera mal vestido en la televisión, ¿verdad?

Sara sintió que la cabeza le daba vueltas. Todo había ocurrido muy deprisa. Sin embargo, estaba lo otro, lo que le preocupaba mucho…

—No hay momento mejor que el presente —dijo Jared. Al ver la expresión de su rostro, se había imaginado qué era lo que le preocupaba—. No pienses. No te preocupes. Déjate llevar…

Mientras hablaba, fue acariciándola suavemente. Ella quería decirle algo, pero Jared ya le había desabrochado la camisa y le había cubierto los pechos con la boca.

Sara gimió de placer. Las sensaciones no eran como las de la vez anterior. A medida que fueron pasando los minutos, ella se moría de ganas por quitarse la ropa y entregarse a él. Se arqueó para ofrecerse a él y tembló de gozo cuando Jared le metió la mano por debajo de la ropa y empezó a crear exquisitas oleadas de placer.

En un instante, se sintió debajo de él. La boca de Jared le recorría el cuerpo de arriba abajo, besándola suave y deliciosamente por todas las zonas que, hasta entonces, Sara había considerado prohibidas.

Cuando él le preguntó algo, ella ya estaba demasiado excitada como para poder oírlo. Levantó las piernas para facilitarle el acceso y se arqueó hacia aquella boca que la devoraba. Jamás se había sentido más cerca del cielo.

En el momento en el que por fin lo sintió, clavó las uñas en las caderas de Jared y se aferró a él mientras su amante cabalgaba sobre ella. El placer empezó a acrecentarse, a aumentar con cada movimiento. El gozo era tal que se sentía morir. Se tensó para alcanzar un objetivo que no era capaz de obtener y arqueó el cuerpo un poco más. Casi lo había conseguido. Ya estaba, ya estaba… ¡Ya!

La oleada de placer que se apoderó de ella sacudió con fuerza su esbelto cuerpo y la dejó completamente inmóvil.

Jared levantó la cabeza segundos más tarde, completamente empapado de sudor y casi sin poder respirar. Ella estaba temblando de placer. Los ojos se llenaron de lágrimas de felicidad. Se sentía completamente saciada.

–¿Comprendes ahora lo que faltó la otra vez? –susurró él, tiernamente.

–Sí… ¿Es siempre así?

–No. Cada vez es mejor.

–¿De verdad?

Fueron las últimas palabras que pudo decir durante algún tiempo.

La boda fue preciosa. A Sara aún le sorprendía la cantidad de medios que se habían reunido en Jacobsville para ver como un magnate del petróleo se casaba con una simple librera.

Harley Fowler les dio la enhorabuena con una sonrisa agridulce. Sara lo abrazó y le dio las gracias por todo.

Todo el pueblo asistió a la boda. Sara se sintió como Cenicienta en el baile. Y se iba a marchar con su propio Príncipe Azul. Jamás se había sentido tan feliz.

Varios días después, Sara tenía empaquetadas todas sus cosas. Tony lo había organizado todo para que su equipaje y Morris viajaran a la casa que Jared tenía en Oklahoma. Morris viajó a su nueva casa en una limusina con chófer y Clayton, el nuevo guardaespaldas de Jared.

—Morris se pondrá insoportable después de esto.

—No se me ocurrió otro modo mejor –le dijo Jared–. Clayton se ocupará de él. Tony lo ha preparado. Es muy bueno.

—Ya no tendremos que volver a ocuparnos de los secuestradores, ¿verdad?

—Nosotros no. Dejaremos que sea Clayton el que se preocupe. Para eso le pago.

—Yo creía que Tony trabajaba para ti permanentemente.

—No, sólo para esta ocasión.

—En cierto modo, es un hombre muy misterioso.

—No lo sabes tú bien.

—Pues cuéntamelo.

—Ahora no. Tenemos trabajo que hacer. Tienes que ayudarme a recoger mis cosas ahora que ya nos hemos ocupado de las tuyas.

—Echaré de menos Jacobsville.

—Lo sé, cariño, pero te acostumbrarás.

—Dee ha sido muy amable al darnos esos libros tan raros sobre la Segunda Guerra Mundial como regalo de bodas.

—Es cierto. Me alegro también de que hayas decidido llevarte todos los libros de tu abuelo. Te prometo que sólo leeré uno a la semana –dijo, al ver la expresión que se dibujaba en el rostro de Sara.

—Eso me recuerda otra cosa. ¿Te gustan los deportes?

—Me encanta el fútbol.

—¡Ése es mi deporte favorito!

—En ese caso, podemos hacer planes para ir al siguiente Mundial.

—¿De verdad?

—Claro —respondió. Entonces, la estrechó contra su cuerpo y la besó—. Te amo…

—Y yo también te amo a ti.

—¿No te arrepientes?

—No. Voy a cuidar muy bien de ti.

—Y yo de ti. Sólo una pregunta. ¿Sientes náuseas?

—Me temo que no. De hecho, algo que ocurre mensualmente empezó esta misma mañana.

—No pasa nada. No nos precipitaremos. Nos uniremos más antes de empezar una familia. Viajaremos. Iremos de compras. Encontraremos un buen sitio para tu librería… Puedes tener todo lo que quieras, Sara.

Ella lo abrazó y se apretó con fuerza contra su esposo.

—Principalmente, te quiero a ti. Para toda la vida. Te amo.

Jared tragó saliva y la abrazó. La pena había estado a punto de destruirlo, pero aquella mujer le había devuelto la luz. Ella era su mundo. Apoyó la mejilla sobre el suave cabello.

—Yo también te quiero, cariño. Te haré feliz y te protegeré durante toda mi vida —prometió.

Y así fue.

Ardiente atracción

BRENDA JACKSON

Hacía años, Canyon Westmoreland había dejado que un terrible malentendido se interpusiera entre Keisha Ashford y él, pero, cuando Keisha regresó a la ciudad con un niño de dos años, llegó el momento de aclarar las cosas de una vez por todas.

Entre ellos todavía bullía una incandescente atracción y, en esa ocasión, nada impediría a Canyon conseguir lo que le pertenecía... ¡su mujer y su hijo!

El tiempo le devolvió lo que era suyo

¡YA EN TU PUNTO DE VENTA!

Acepte 2 de nuestras mejores novelas de amor GRATIS

¡Y reciba un regalo sorpresa!

Oferta especial de tiempo limitado

Rellene el cupón y envíelo a
Harlequin Reader Service®
3010 Walden Ave.
P.O. Box 1867
Buffalo, N.Y. 14240-1867

¡Sí! Por favor, envíenme 2 novelas de amor de Harlequin (1 Bianca® y 1 Deseo®) gratis, más el regalo sorpresa. Luego remítanme 4 novelas nuevas todos los meses, las cuales recibiré mucho antes de que aparezcan en librerías, y factúrenme al bajo precio de $3,24 cada una, más $0,25 por envío e impuesto de ventas, si corresponde*. Este es el precio total, y es un ahorro de casi el 20% sobre el precio de portada. ¡Una oferta excelente! Entiendo que el hecho de aceptar estos libros y el regalo no me obliga en forma alguna a la compra de libros adicionales. Y también que puedo devolver cualquier envío y cancelar en cualquier momento. Aún si decido no comprar ningún otro libro de Harlequin, los 2 libros gratis y el regalo sorpresa son míos para siempre.

416 LBN DU7N

Nombre y apellido	(Por favor, letra de molde)
Dirección	Apartamento No.
Ciudad	Estado	Zona postal

Esta oferta se limita a un pedido por hogar y no está disponible para los subscriptores actuales de Deseo® y Bianca®.
*Los términos y precios quedan sujetos a cambios sin aviso previo.
Impuestos de ventas aplican en N.Y.

SPN-03   ©2003 Harlequin Enterprises Limited

Trabajar hasta tarde no era nada nuevo para el magnate Alex, y sí la perfecta excusa para conocer a la limpiadora Rosie Gray. Le había prometido a su padrino enfermo descubrir si su nieta, a la que hacía años que había perdido la pista, era una digna heredera.

Halagada por las atenciones del seductor hombre de negocios, los sueños de Rosie quedaron destrozados cuando él puso fin a su aventura de una noche.

Al descubrir que estaba embarazada, fue a enfrentarse a él, pero en la oficina nadie había oído hablar de «Alex Kolovos». Sin embargo, sí conocían a Alexius Stavroulakis, el dueño de la empresa, que tenía una extraordinaria oferta que hacerle.

Alianza por un heredero

Lynne Graham

Busco esposa

ANNE OLIVER

Jordan Blackstone se enfrentaba al acuerdo comercial más importante de su carrera y debía cambiar su imagen de mujeriego para conseguirlo; se le ocurrió fingir estar casado para lograrlo y Chloe Montgomery le pareció la solución perfecta.

Chloe era una mujer bella y tan alérgica al compromiso como él. Cuando Jordan le preguntó si se haría pasar por su esposa, ella no lo dudó.

La atracción que había entre los dos fue en aumento durante su luna de miel, y Jordan no

pudo evitar pensar que quizás hubiera conocido por fin a una mujer por la que valía la pena romper las reglas.

¿Se convertiría el pacto en algo más
que un acuerdo?